ベリーズ文庫

孤高のエリート社長は契約花嫁への愛が溢れて止まらない

橘樹杏

STARTS
スターツ出版株式会社

目次

孤高のエリート社長は契約花嫁への愛が溢れて止まらない

特別書き下ろし番外編

孤高のエリート社長は契約花嫁への愛が溢れて止まらない

プロローグ

窓の外には眩《まぶ》しいほどの青空が広がっている。地上三十七階からの景色なんてめったにお目にかかれないのに、私の視線を強引なほど引きつけて離さないのは都心を一望できる贅沢《ぜいたく》な眺望ではなかった。

一度も足を踏み入れたことがない高級ホテルのスイートルームにたどり着いたのはたったの五分前。入室してから腰を下ろしていた座り心地抜群のソファを立ち、案内されるままリビングスペースを抜け、開かれたドアをくぐり、そして私は立ち尽くしたのだった。

「こっちだ」

その人は短く口にすると恐ろしく整った顔を微動だにせず、まっすぐこちらを見る。私は不穏な鼓動を感じながら、部屋の真ん中に鎮座する巨大なベッドから目を離せなかった。

大人がふたり大の字で転がっても余裕がありそうなシーツの海を背に立ち、モデルのような頭身の彼はネクタイを緩める。焦りを感じて振り返ると、ドア付近に先ほど秘書だと名乗っていた男性がひとり、心なし心配そうな面持ちで立っていた。

「あの、待ってください。私、そんなつもりじゃ」

「脱がないとしわになるぞ。……まあいいか」

わずかに眉根を寄せると、彼は「来い」と私の腕を取った。ベッドに座らされたと思ったら大きな体が覆いかぶさるように迫ってくる。

「ちょ」

自身のシャツのボタンを窮屈そうに開きながら、その人はベッドに上がってくる。首元から深く窪《くぼ》んだ鎖骨が覗《のぞ》いて、どきりと心臓が鳴った。こんな状況なのに胸を高鳴らせたりしてなにを考えてるの、と自分で自分を叱りつける。

いくら顔がいいといっても許されることじゃない。それなのに、どういうわけか恐怖心が湧かないのだ。なんだか現実味がなくて。

自分に覆いかぶさってきている相手が、上場を果たしているベンチャー企業の辣腕社長だとか、先週いきなり会社をクビになり、慌てて転職サイトに登録したタイミングで彼の会社からスカウトのメールが来たこととか。いろんなことが一度に起こりすぎて頭の処理が追いついていない。

なにより私を見下ろす彼が、今まで見たことがないほど美しいことも大きかった。

三十代半ばとは思えないくらいきめ細やかな肌。鼻筋は定規で引いたみたいにまっすぐで、形のいい唇は柔らかそうな桜色。目元はくっきり二重で、見るものを惹《ひ》きつける色気を漂わせている。

まるで綿密な設計図をもとに精巧に作り上げられた人形みたい。

いや、無機質な人形というよりは、二次元の世界から飛び出してきた完璧な王子様といった風貌だ。

でも、だからといって、相手に見とれている場合ではない。

「け、警察を呼びますよ」

驚くほどふかふかなのに程よい硬さもあるベッドの上を、よろけそうになりながらどうにかあとずさる。

ポケットからスマホを取り出して突きつけると、その人——ホダカ・ホールディングスの若き社長、穂高《ほだか》壱弥《いちや》は表情の乏しい顔を傾けて目を細めた。

「好きにしたらいい」

「はい、じゃあそこをどいて……て、え」

「少し黙っててくれ。時間が惜しい」

「や、ちょ」

一気に距離を詰められたと思ったら、首筋に彼の鼻先が触れた。くすぐったさに身をよじった瞬間、腰に手を回されて身動きが取れなくなる。

「や——」

襲われる——。

全身に力を入れて身構えたとき、いきなり体重をかけられて押しつぶされた。

「んんんん」

重いい、と呻《うめ》き声をあげようとして、ふと気づく。私に覆いかぶさるその人は、完全に脱力している。

「な……？」

なに？

どうにか体をずらして彼の下から抜け出る。ごろりと横向きになったその人は、私の体に手を回したまますうすうと寝息を立てていた。

「……え？」

呆気にとられながら、どうにか上半身を起こす。扉のほうを振り返ると、秘書の男性が神妙な顔でうなずいていた。

「あの、これはいったい」

自分の腰に絡みついたまま寝入っている社長を指さして見せると、彼に負けず劣らず男前な秘書は、うれしそうに微笑《ほほえ》んだ。

「よかった。遊佐《ゆさ》ひかりさん、合格です」

抱き枕、出会いと策略の果てに

九月も半ばだというのに、車内はきんきんに冷房が効いている。都心をぐるりと一周する山手線《やまのてせん》は、午後四時という中途半端な時間でも座席が埋まり、満員とはいかないまでも人がたくさん立っていた。

シャツの袖をまくって汗を拭う営業マンや、重そうなバッグを抱える涼しげなブラウス姿の女性。格好はさまざまだけど、乗客の多くはビジネスマンだ。

一番端の座席に座った私も一応はシャツにサマージャケットを合わせたスーツスタイルだけれど、ビジネスマンからは程遠く、現在、絶賛求職中。バッグからはみ出したカラーファイルに目を落とすと、昨日撮ったばかりの証明写真の自分と目が合った。

遊佐ひかり。二十六歳。

亡くなった父親譲りの目はくっきり二重なものの、肌も目も髪色も色素が薄く全体的にぼんやりした顔に見える。身長は平均的な百六十センチで体型はやや細身。ヘアサロンに行く余裕がなくて背中まで伸びてしまったストレートヘアは、たいていうしろでひとつに結んでいる。

趣味は掃除、特技は大量の料理を短時間で効率的に作れることだ。実際、もう六年になる彼氏との同棲生活で家事を一手に引き受けているけれど、苦に感じたことはない。でも当然、そんなことは履歴書には書けない。下に年の離れた弟妹が四人いるから面倒見はいい方だと思う。ただ就職活動においてはこれもなんの強みにもならない。

思わずため息が出た。短大卒業後に働いてきた会社から解雇通告を受けたのはつい三日前だ。業績悪化で傾いた基盤を立て直すためにまず社員を削減するということで、事務の私に真っ先に白羽の矢が立った。

部長から「アルバイトでなら雇ってあげる」と言われたけれど、それこそいつ首を切られるかわからないし、実家に仕送りできるだけの稼ぎがないなら働いている意味がない。

「うう、お姉ちゃん、頑張るからね……」

スマホで家族の写真を眺めながら気合いを入れ直していると、ふと左肩に重みを感じた。

隣に座っていたサラリーマンが眠りはじめたのか、寄りかかってきている。

少しくらいなら気にならないけれど、この男性は完全に脱力しているようで、思いきり体重を預けられていた。

お、重い。

普段だったら不快に感じるところだ。でも彼の場合、整髪料だか香水だかの爽やかでよい香りをまとっているうえ、ハッとするほど綺麗《きれい》な顔をしている。頬に影を落とす長いまつ毛に形よく隆起した鼻筋。目を閉じたままでも造作が整っているのが見て取れる。

イケメンだから特別、というわけでもないけれど、少しだけなら肩を貸してあげようと思った。

日中の電車でこんなに熟睡してしまうのだから、相当疲れているのだろう。

働いてお金を稼ぐって大変だよね、と隣の彼に心の中でうなずきかける。私の場合は取り急ぎ働き口を見つけるところからだけど。

体を極力動かさないようにしながらスマホを操作し、登録したばかりの転職サイトにログインした。このサイトには求人情報が載っているだけでなく、企業側が気になった人材にアプローチをしてくるスカウトサービスもついている。もっとも、小さな会社の事務経験しかない私にスカウトを送ってくるような企業は一社もないけれど。

またしてもため息がこぼれた。早く仕事を決めて、お金を稼がなきゃいけないのに。

現在高校二年生の弟には絶対に大学に行かせてあげたいし、中学三年生の妹だって志望する高校に向けて受験勉強を頑張っている。その下には来年中学生になる双子も控えているのだ。

母は地元の会社で働いていてお金のことは気にするなと言ってくれるけれど、まだ成人していない四人の子供を抱えてのんびり暮らせるほどわが家は裕福ではない。

父親がいないぶんの稼ぎは、やっぱり私がどうにかしなければ。

ハローワークで渡された求職カードを取り出しながら、ダメもとで専任コンサルタントのサポートが受けられる転職エージェントにも登録しようかなと考えていると、車内アナウンスが乗り換えの駅名を告げた。

降りなきゃと思った刹那、ずしりとした肩の重みを思い出す。隣の男性は相変わらず熟睡中だ。

全然起きる気配がないなぁ。

電車の揺れに合わせて彼の頭が揺れ、肩から胸のほうにずり落ちる様子にわわっと内心で慌てた。このままじゃ膝枕になっちゃう。というか、本当に起きないなこの人。

どうしたもんかなぁと思っていると、ふいに耳障りなブレーキ音が響いて車内が大きく揺れた。立っている人たちが一斉に同じ方向によろめき、私にもたれる彼も波打つようにガクンと揺れる。

「停止信号です。しばらくお待ちくださいーー」

アナウンスが流れてざわめきかけた車内が静まると、横からかかっていた重みがわずかに軽くなった。揺れの衝撃で私の膝につくくらい体を倒していたサラリーマンが、ゆっくり身を起こしている。

「あ、起きました?」

うつろな表情を浮かべる彼に、笑いかけた。

「よかった。私、次で降りるんですけど、よく眠っていらしたから」

その人はぽかんと私を見た。ぼんやりしていた顔が次第に怪訝《けげん》そうに曇る。もしかすると外国の人で、私の言葉が理解できないのかなと思った。そう思うことが自然なくらい、彼は日本人離れした容姿をしている。

動き出した電車がホームに滑り込んでいく。ほどよく混み合った車内で人がわずかに動き出す。私もバッグを握り直して席を立った。眉をひそめている彼に小さく会釈をし、ほかの乗客と一緒に開いたドアを抜ける。ホームに降り立ち一度振り返ったけれど、乗り込んだ乗客の陰に隠れて、彼の姿はもう見えなかった。

縁がないとばかり思っていた転職サイトのスカウト通知が鳴ったのは、その日の夜のことだった。

ホダカ・ホールディングスは、食品関係のグループ企業を率いる持株会社だ。つまり小さな食品工場や経営に苦しむ中小企業を買収してグループ化し、それらの会社の方針策定や経営管理を行い、全体としての収益につなげることを業務としている、ということらしい。グループ全体の従業員数は千二百人を超えるけれど、本社勤務の人間は四十名に満たないベンチャー企業だ。

本社は仲野坂駅《なかのさかえき》に置かれているけれど、面接に指定されたのはなぜか都心の一等地に建つ高級ホテルの一室だった。

二日前に来たスカウトメールに返信をし、あれよあれよという間に話が進んだはいいものの、身の丈に合わないようなエントランスに足を踏み入れ、立ちすくむ。

季節外れの熱線を注ぐ太陽のことなど一瞬で忘れさせる落ち着いた空間に、光量が落とされた雰囲気のある照明。紳士・淑女にしか着席が許されないようなロビーのソファ。

持っているものの中で一番上等なジャケットを着て来たけれど、それでも場違いな気がしてならない。

気後れしながらこそこそとエレベータホールまで進み、タイミングよく口を開いた箱に急いで乗り込んだ。

「あ、あれ」

三十七階を押すけれど、ボタンが点灯しない。まごついている間に扉が閉じる——直前に、ぬっと手が差し込まれた。閉じかけた扉が「失礼しました」とでもいうように再び口を開く。

急いだ様子で乗り込んできたのは、三つ揃《ぞろ》えのダークスーツに身を包んだ三十半ばくらいの長身の男性だった。メタルフレームのスタイリッシュな眼鏡をかけたその人は、まっすぐ私を見下ろすと端正な顔をほころばせる。

「遊佐ひかりさんですね？」

「え？　はい、そうですけど……」

「私《わたくし》、ホダカ・ホールディングスで社長秘書をしております、深水《ふかみ》と申します」

スマートな仕草で名刺を差し出され、ハッと背筋を伸ばした。

「頂戴いたします」恭しく名刺を受け取り、そこに記された内容を見て、はたと思う。

「社長秘書？」

そんな職務の人が採用まで担当するの？　人事部とか総務部の仕事じゃないのかな。

「お伝えし忘れていたので、ロビーでお待ちしていたんです。ここはカードキーがないと上層階へ上がれないんですよ。すぐに見つかってよかった」

名刺を手にしたまま突っ立っている私に微笑みかけ、彼はボタンパネルにカードキーをかざし、三十七階を押した。私のときと違い、ボタンは呆気なくオレンジ色の明かりを灯《とも》す。

上昇するエレベータの振動を感じながら、私は深水さんに話しかけた。

「ホテルで採用面接をするんですね」

それも海外セレブが宿泊するような、こんな一流ホテルで。心の中で付け加えて、私は自分の姿を顧みる。一張羅とはいえ大量生産のセットアップジャケットにスカートという出で立ちは、いかにも面接に来ましたという様相だ。ロビーでこそこそしていた私は、かえって目立っていたに違いない。

「社長兼ＣＥＯの穂高は、一日に何件も重要な商談が入っているときは、よくここを利用して執務を行っているんです」

「そうなんですか」

穏やかな笑みでさらりと説明され、つい納得しかける。

「え、社長？」

素っ頓狂な声が出てしまった。

最初の面接でいきなり社長が出てくるの？

私の表情を察したのか、深水さんは頬をもちあげて笑みを深くする。

「今話題の『就活ランチミーティング』みたいなものだと考えてくだされればよろしいかと」

「ああ、なるほど」

そういえば転職サイトのお役立ち情報にそんなことが書いてあった。面接ほど堅苦しくなく気軽に経営者と話ができるランチミーティング。本格的な面接をする前に開催されることが多くて、企業側だけじゃなくて応募者側にもメリットが多いのだとか。

それじゃ、社長さんと気軽に話ができる雰囲気なのかな。

豪奢《ごうしゃ》なホテルの雰囲気に硬くなっていた体が少しだけ緩んだ。エレベータを降り、深水さんに案内されるまま絨毯《じゅうたん》敷きの廊下を進んでいく。

「こちらです」

カードキーをかざして深水さんが扉を開くと、私の知っている『ホテルの一室』とはかけ離れた空間が目の前に広がった。

真っ先に目に飛び込んできたのは空だ。

部屋を囲むように張り巡らされた窓ガラスに都会の青空が広がっている。ソファとセンターテーブルが置かれたリビングスペースの奥にL字型のガラスデスクがあり、三十代前半と思《おぼ》しき男性が座ってノートパソコンと向き合っていた。

「社長、お連れしました」

深水さんが声をかけると、その人は顔を上げた。その美しい顔に一瞬で目を奪われる。

でも、あれっと思った。どこかで見たことがあるような……。

「社長、こちらへ。遊佐さんもどうぞ、おかけください」

秘書に促された男性がこちらに歩いてくる。ぴたりとした細身のスーツをまとった姿は、立ち上がるととても迫力があった。見上げるほどの長身で、太陽《たいよう》──高校のクラスで一番背が高いと言っていた百八十センチの弟──よりも背丈がありそうだ。小顔なうえに腰の位置が恐ろしく高くて、脚が長い。

全身から発せられるオーラのようなものに圧倒されていると、「遊佐さん？」と深水さんに不思議そうに呼ばれた。

「し、失礼します」

慌てて頭を下げ、社長というよりは芸能人としか思えない男性の正面ソファに浅く腰かける。

「あの、遊佐ひかりと申します。本日はお時間をいただきまして、ありがとうございます」

向けられる視線の強さを意識しないように、どうにか挨拶をした。

じわりと汗が滲《にじ》む。

気軽なランチミーティングとは？　と、頭の中は疑問符でいっぱいだ。ソファ脇に立って穏やかそうに微笑みかけてくれる秘書の深水さんと異なり、社長の男性はにこりともしない。面接の進行をするでもなく質問事項を口にするでもなく、ただじっと私を見ている。

少しでも目が合うと息ができなくなる。くっきりと筋の入った二重の目は、相手を石化させるのではないかというくらい眼光に威力がある。

とにかく面接なのだから自己アピールをしなければ。小さく咳《せき》ばらいをして、バッグからファイルを取り出し、持参した書類をテーブルに滑らせた。

「こちらが私の履歴書と職務経歴書です。まず、御社を志望した動機ですが――」

「まどろっこしいな」

「へ？」

その人はテーブルに置かれたままの履歴書を一瞥《いちべつ》すると私に視線を戻した。整った顔に無表情が貼りつけられると、美しいを通り越して恐ろしいのだと、はじめて気づく。

「確かめたい。テストを受けてもらう」

「え」

「それに受かれば合格。採用だ」

それだけ言うと、彼は立ち上がった。

「こっちだ」

「あの、テストって」

私の問いには答えず、ホダカ・ホールディングスの社長はさっさと歩いていってしまう。助けを求めるようにそばに立っていた秘書を見ると、彼は困ったように微笑んで小さくうなずいた。

適正テストとか一般教養テストとか、そういったものを受けさせられるのだろうか。なんの準備もしてこなかったのにと不安に思いながら、奥の部屋に消えていく社長を追う。開いたままの扉を抜け、そして私は立ち尽くした。

さすが一流ホテルだと思った。このベッドルームだけでも私が暮らす1LDKの部屋より広いし、ただの寝具にすぎないベッドですらスタイリッシュな気配を漂わせている。枕やシーツやヘッドボードの素材、ひとつひとつが洗練されているせいだろうか。

なんて悠長に考えている場合ではなかった。

「あの、待ってください。私、そんなつもりじゃ」

「脱がないとしわになるぞ。……まあいいか」

いきなり腕を掴《つか》まれたと思ったら、ベッドに座らされた。ただ腰掛けただけなのにスプリングが驚くほど跳ねる。

「ちょ」

なんというクッション性！　思わずシーツ越しに触り心地を確かめてしまった。同じベッドと呼ばれる寝具なのに、うちにあるものとはまるで違う。広々としたシーツの海はどれだけ寝相悪く転がっても彼氏に邪魔だと怒られなさそうだ。

——って、そうじゃなかった。

私に覆いかぶさるようにベッドに上がってくる男性に目をやる。シャツのボタンをはずす仕草がやたらと色っぽい。顔がいいとなにをするにも絵になるんだなと思いつつ、ポケットからスマホを取り出した。

「け、警察を呼びますよ」

「好きにしたらいい」

「はい、じゃあそこをどいて……て、え」

「少し黙っててくれ。時間が惜しい」

「や、ちょ」

首筋に顔を埋《うず》められてぎょっとした。腰に腕を回され、彼から発される爽やかな香りが漂う。近付いた距離に今さらながら思った。

まずい。これは本格的にピンチ？

大声をあげればうるさがって離れてくれるかもしれない。

「や――」

全身に力を入れて叫び声をあげようした瞬間、いきなり押しつぶされた。

「んんん」

叫び声がうめき声に変わって私の口から漏れる。のしかかってきた彼が脱力して思いきり体重をのせてきた。いくらスマートな体型といっても、私には長身の男性を支えられるほどの力はない。

んぬぬと歯を食いしばってどうにか男性の下から這《は》い出たものの、腰にはがっちり腕を回されたままだ。

「な……なに？」

寝息を立てている無防備な姿に、ようやく恐怖がこみ上げる。まるで事切《こと》れたみたいに急激に眠りに落ちるって、いったいどういうこと？

助けを求めるように扉のほうを振り返ると、秘書の深水さんは真剣な表情でこちらを見ていた。目が合った瞬間、力強くうなずく。

私にしがみついている社長は、少年のような無垢《むく》な寝顔を見せていて、さっきまで冷酷な物言いをしていた人と同一人物とは思えない。

「あの、これはいったい」

状況の説明を欲している私に対して、秘書の深水さんは安心したように笑みを漏らした。

「よかった。遊佐ひかりさん、合格です」

「ショートスリーパー？」

さきほどのソファに腰かけ、不機嫌そうにコーヒーカップに口をつけているホダカ・ホールディングス社長の顔を見やる。私の腰に絡んだまま一向に起きる気配のなかった彼を強引に引きはがしたのは深水さんだ。その深水さんが無言のままの上司の代わりに口を開く。

「はい。穂高社長は一日に三時間しか睡眠を取りません」

「さ、三時間⁉　それって生活に支障は出ないんですか？」

「本人は至って元気、なんの問題もない、と言い張るのですが……」

それまで口をつぐんでいた穂高社長が、カップをテーブルに置いてじとりと秘書を見やった。

「実際、俺は毎日こうして問題なく仕事をしているだろ」

「でもそんな生活を送っていたら、いつか倒れてしまいますよ。せめて休日くらいゆっくりと眠っていただきたいです」

脳と体を休めるためにもっとリラックスする時間を取ってほしい、と深水さんは訴える。何度も同じやりとりをしているのかもしれない。穂高社長は面倒そうにため息をついた。

「そう言われてもな。三時間以上寝ようとしても勝手に目が覚めるんだから仕方ない」

「それで仕事をしていたら、休日の意味がありませんよ」

「時間があるのにぼうっとしてたら、それこそ生きてる意味がない」

典型的なワーカホリックかなと思った。こんなに見目麗しくて仕事もできて乗りに乗っているベンチャー企業の社長で、モテないはずがないのに左手の薬指に指輪は見あたらない。女性と過ごすよりも仕事の時間に価値を見出すタイプだろうか。

ソファに座って出されたコーヒーを啜《すす》りながらふたりのやりとりを見ていたら、上司思いの秘書がいきなり振り返った。

「このように、弊社の穂高はリラックスの仕方が下手くそなわけです」

「深水、言い方」

嫌そうに口を歪《ゆが》める社長に目を向けた瞬間、美しい瞳に威圧するように見返された。

「は、はあ……それでショートスリーパーであることが、私となんの関係が？」

「先日、遊佐さんのおかげで社長が電車で眠れたと伺いました」

「あ」

深水さんの言葉で脳裏にひらめいたのは、一昨日《おととい》の出来事だ。ハローワークに行った帰りの電車で、隣に座っていた男性が私に寄りかかって熟睡してしまったことがあった。

「ああ、あのときの」

どこかで見たことがあると思っていたら。ようやく合点がいってすっきりしたものの、深水さんの言葉が引っかかる。

「私のおかげで電車で眠れた？」

「はい、あの日は社用車が事故渋滞に巻き込まれまして、五分ほど経《た》ったところで社長がしびれを切らし、先に取引先に向かわれるとおひとりで公共交通機関を利用されたのですが」

「……その説明はいらんだろ」

五分ほど経ったところで、という部分を強調した秘書を睨《にら》みつけて、穂高社長は私に向き直る。

「俺は自宅の寝室以外では眠れない質《たち》だ」

「……え？　でもさっき」

社長越しに奥のベッドルームに目をやると、彼は不機嫌そうに眉根を寄せた。

「そうだ。どういうわけか、おまえの匂いは俺を問答無用で眠りに落とす」

「に、匂いですか？」

「さようです。しかも驚くほど質のいい睡眠を得られるようなのです！」

やや興奮した様子で深水さんが身を乗り出した。スタイリッシュな眼鏡が照明を反射してきらりと光る。

「おそらく遊佐さんがお持ちの匂いが穂高社長に効果的に作用するのでしょう。遺伝子が異なる相手の匂いほど心地よく感じると言われていますが、遊佐さんは社長と真逆の遺伝子をお持ちなのではないでしょうか」

やや過保護のきらいがある社長秘書に早口でまくしたてられ、ふと思う。

「そういえば、私も爽やかで心地のいい香りを感じましたけど、てっきり香水なのかと……」

「社長は鼻が利きすぎる質ですので、香水の類は一切使用されません」

「深水おまえ、さっきから言い方がいちいち癇《かん》に障る……」

嬉々《きき》として発言した秘書を不満そうに横目で見てから、穂高社長はため息をついた。

「だがまあ、そういうことだ」

「ええと、つまり……？」

「つまりあなたといると、社長は無防備に眠りに落ちるくらいリラックス効果を得られる、ということです」

パチンと効果音が聞こえそうなウインクをされ、反応に困った。この秘書は真面目そうな外見とは裏腹に表情豊かでおちゃめな性格であるらしい。

「はあ、そうですか」

「はい。そしてこちらをどうぞ」

深水さんが微笑みを浮かべたままテーブルにハガキ大の紙片を置く。「あっ」と声が漏れた。

「私の求職カード！」

それはハローワークで作ってもらった書類だった。どこかで落としたらしく、探しても見つからないから再発行しなければと思っていたのだ。

なるほど、と思う。おそらく電車内で取り出したときにバッグにしまい損ねたのを、穂高社長が拾っていたのだ。

なんだか急にいろいろなことがつながってきた気がする。求職カードには私の氏名と住んでいる地域が記されているわけだから……。

「つまり、電車ではじめて熟睡したことで私に興味をもち、なおかつ私が落とした求職カードの情報から割り出して、転職サイトを通じてスカウトを送ってきた、ということですか？」

じろりと睨むと、美麗な社長はふんと鼻を鳴らした。

「知らん。俺は深水に電車で眠った経緯と、その紙切れを持ち主に返してやれと伝えただけだ」

「はい、ですので今こうやってお返ししたところです」

整った顔をにこにことうれしそうに緩めている社長秘書を見上げた。この人、人の好《よ》さそうな笑顔を浮かべているけど、じつはとんでもない曲者《くせもの》かもしれない。

「というわけで、仕事を探してるんだろ。ちょうどいい。俺もそろそろ心配性の秘書がわずらわしくて気が触れそうだったところだ」

「またそんなご冗談を」と笑う深水さんを無視し、穂高社長は仕切り直すように口にした。

「仕事をやろう。俺と一緒に寝ること。それがおまえの務めだ」

「い、一緒に寝るって」

脳裏をよぎったのはベッドにふたつ並んだ枕とむつみ合う男女の姿だった。

赤面する私に冷えた目線を投げかけ、彼はつまらなそうに呟《つぶや》く。

「なにか勘違いしてるだろう。一緒に寝るだけだ。要は抱き枕と同じだ」

「ああ、なんだ、抱き枕……」

――て、なにを納得しかけてるの、私は！

「冗談、ですよね？」

真正面から突き刺さる視線に、場を和らげようとする気配は見あたらない。つまり、この人は本気なのだ。

信じられない。

「お断りしま――」

「月百万でどうだ」

「ひゃっ……⁉」

声が漏れてしまい、慌てて手で口を覆う。咳ばらいをする私を見ていた社長が、皮肉っぽく片頬を上げた。

「健気《けなげ》にも実家に仕送りをしているそうだな」

「え」

私が顔を上げるのとほぼ同時に、深水さんが静かな口調で話し始めた。

「申し訳ありません。遊佐さんのことを少々調べさせていただきました。さすがに身元のわからない女性を、社長のプライベートな空間にお招きするわけにはいきませんので」

出しかけた言葉が引っ込んだ。勝手に自分のことを調べられていい気分はしないけれど、深水さんや穂高社長の立場からすれば当然のことかもしれない。

「下調べは取引の基本だ」

つまらなそうに言うと、穂高社長は私に目を戻す。

「俺と同じベッドに入る。それだけで稼ぎはこれまでの五倍だ。そんな仕事、ほかにないだろ」

「たしかに……ほかにはありませんね、そんなまっとうじゃない仕事」

俺様な言動を隠そうともしない社長は、私の言葉にちっとも表情を変えない。無表情すぎて冷たくも感じられる視線を見返して、はっきり口にした。

「いくらお金をもらったとしても、一緒に寝るなんてできません。私には彼氏だっていますし」

「一緒のベッドで寝るだけだ。俺はおまえに手を出さない。べつに夜伽《よとぎ》を求めているわけじゃないからな。なんなら誓約書を書いたっていい」

「そ、そういう問題じゃ」

「じゃあ、どういう問題なんだ?」

言葉に詰まった。曇りのない瞳でまっすぐ見つめられて顔が熱くなる。

「モラルの問題です！」

視線を下げてどうにか言いきった。目が合わないように顔を伏せたまま、言うべき言葉を連ねる。

「異性と一緒のベッドで寝るなんて、そんなの恋人か家族じゃなきゃおかしいです！」

自分でもびっくりするような大きな声が出た。しんと空気が静まり、おそるおそる顔を上げると、脚を組んでこちらを見ている社長と目が合う。

この世のすべてを睥睨《へいげい》するような冷えた目に、胸が騒いだ。恐怖のせいなのか、それとも整いすぎた顔に対する恐れのせいなのか、それとももっと別の角度の感情なのか、自分でも判断がつかない。

「なるほど、モラルか」

そう呟くと、組んでいた長い脚を解く。

「普遍的かつ曖昧な基準だな。だが、尊重してやろう」

俺様社長は相変わらず飄々《ひょうひょう》とした表情で振り返り、秘書を呼んだ。

「深水、婚姻届を用意しろ」

社長にうるさがられつつも頼りにされているらしい秘書が、一瞬呆気にとられた顔をする。けれどすぐに「かしこまりました」とどこかに電話をかけはじめた。背中を向ける彼をぽかんと見やってから、私はおずおずと社長に目を戻す。

「こ、婚姻届って……」

「俺とおまえの名を書いて役所に出す。彼氏はいるんだろ？　だったら家族になるしかない。それとも養子縁組にするか？」

ごく真面目な顔で答えるその人を、信じられない気持ちで見返した。

「あなたはいったい、なにを考えてるんですか？」

「俺は俺自身から解放される時間……つまり効率的に心身を回復させる手段が欲しいだけだ。どういうわけか、おまえは俺を、俺にもわからん道理で無防備にさせる。そんな相手はほかにいない」

冷めた目に、ふいに肉食獣を思わせるような強さが宿り背筋がぞくりとした。ライオンに狙われた小動物の気持ちを想像しながら、私は口をぱくぱくさせることしかできない。

「だからって、結婚なんて」

「結婚なんてただの契約だ。形だけあればいいし、俺にこだわりはない。そもそも結婚する気もなかったしな」

「いやいや、これから素敵な女性と出会うかもしれないじゃないですか。あきらめたらもったいないですよ！　そんなにカッコいいんだから」

なぜかフォローするようなことを口にしてしまい、ぎろりと睨まれた。

「あきらめたとは言ってない。する気がないだけだ」

「はい。ごめんなさい」

謝りながら正面の彼をそっとうかがう。

会社を上場させたキレ者の社長で態度はとても威圧的なのに、突飛な提案をしてくるからついつい余計なことを口走ってしまう。

ふっと軽く息を吐くと、俺様社長は肘掛けに頬杖《ほおづえ》をついた。

「どのみち、おまえという抱き枕がいたら、ほかの女と結婚なんてできないだろ」

「抱き枕って。さっきから人をなんだと思ってるんですか」

失礼な発言を撤回するでもなく、彼は言葉を続ける。

「だいたい、おまえはどういう理由でためらうんだ？　俺と結婚すれば生活に困ることはないし、実家の家族も安泰だ。もちろんおまえ自身になにか制約を課すつもりもない。それとも、俺自身になにか不満が？」

くっきりと彫りの深い顔は皮肉っぽく歪むこともない。恐ろしいことに、なにもかも本気なんだ、この人は。

「不満て……」

正面のソファに威風堂々と鎮座し、強い視線を投げかけてくる穂高社長を改めて見る。整った容姿に、上場企業の社長という社会的地位。スペック的には申し分ない。

むしろ玉の輿《こし》にのりたい女性からしたら、願ったり叶《かな》ったりのお相手だ。

――だけど。

「そういう問題じゃないんです。私、彼氏いるって言いましたよね？　同棲中でラブラブなんです。だからあなたとは結婚できません！」

実際はラブラブどころか、ここのところ彼とはすれ違い生活でほとんど話せていないけれど、とんでもない提案をしてくるこの人にバカ正直に話す必要はない。

テーブルに置きっぱなしだった履歴書を拾い上げてバッグに突っ込み、勢いよく立ち上がった。

「この話、お断りします！」

「遊佐さん……」

どこか悲しそうな表情の深水さんに一礼し、ふかふかの絨毯を踏みつけるように歩き出す。ドアに手をかけて廊下に出る間際、一瞬だけ室内を振り返った。

設立間もないベンチャー企業を三十三歳という若さで上場させた辣腕社長は、笑いも怒りもせず、ただ静かな視線を私に注いでいた。

本当に、なんだったんだろう、あの人。

「ひとをバカにするのも大概にしてほしい」

泥を流して乾かしておいた里芋を手に取って呟くと、隣から「え、あたし？」と慌てた声がした。

茶髪をバンダナで隠した四十代半ばのリサさんが、鶏肉《とりにく》の入った巨大なステンレスボールに調味料を注ぎながら驚いたようにこちらを見ている。厨房《ちゅうぼう》の外では彼女の夫である店主の修造《しゅうぞう》さんがカウンターテーブルに小皿を並べて開店前の作業をしていた。

「いえいえ、リサさんのことじゃないですよ。今日の面接がひどくて」

「ああ、面接、今日だったっけ。嫌味《いやみ》なオヤジの面接官だったの？」

「それが全然オヤジじゃなくて。むしろ見た目はとてもよかったというか」

話しながら里芋の上部と底部の皮を薄く切り落としていく。コロコロと小ぶりだけれど地元の農家の方が収穫したばかりの産地直送品だ。里芋の煮っころがしは『カナリヤ亭《てい》』の人気メニューのひとつでもある。

カナリヤ亭は、修造さんとリサさんが夫婦で切り盛りするこぢんまりとした小料理屋だ。

短大生のときにアルバイトとして働いて以来、気のいいふたりにはなにかとお世話になってきた。余った食材を実家に送らせてくれたり、就職の相談に乗ってくれたり。客席は厨房を囲うように設置されたL字のカウンター席が九席だけ。旬の素材を活かした日本料理を楽しめるお店とあって客足も上々だ。

「大丈夫よ、ひかりちゃんならいい就職先に決まるから、絶対」

手際よく作業を進めながら笑うリサさんとあざやかな包丁さばきを見せる修造さんは、どちらも細身ながら筋肉質な体形で浅黒く焼けている。

休日は夫婦で山登りが日課になっている彼らが八年前にオープンした『カナリヤ亭』は、古材を再利用した古民家風の造りで広くはないけれど木の温《ぬく》もりが落ち着いてほっとできる。だからアルバイトをやめた今でもついつい足を運んで無理やり手伝わせてもらっていた。今やカナリヤ亭は第二の実家みたいな位置づけだ。

そんな温かな場所にいると、さっきの出来事が夢みたいに思えてくる。それくらい現実離れしていたのだ。天井の高い豪華なホテルも、おとぎの世界から飛び出してきたような容貌の社長も。

「だいたい、事情も話さずいきなりベッドに連れ込むなんて」

包丁を持ち替えて里芋の側面の皮を剥《む》いていると、ピリッとした痛みが指先に走った。

「わ、切った? 大丈夫?」

リサさんがすばやく業務用のアルコールスプレーを私の指に吹きかけキッチンペーパーを押しあててくれる。

「すみません、つい力が入っちゃって」

大して深くはないけれど、左手の親指に赤い線が浮かんでいた。

失敗した。ただでさえ滑りやすい里芋を扱っているときは注意しなきゃいけないのに、感情に任せて包丁を握るなんて。

「ひかりちゃん、今日はもう帰りな」

カウンターの向こうの修造さんが心配そうに私を見る。四角い輪郭の一見強面《こわもて》な修造さんは、知らない人からすると近寄りがたい雰囲気があるけれど、実際はとても穏やかで優しい人だ。

「でも」

「ここのとこ就職活動やらなんやらでろくに休んでないだろ。たまには早く帰ってゆっくりしたほうがいい」

「そうだよ。手伝ってくれて助かったけど、うちは大丈夫だから」

リサさんがくしゃっと表情を崩すのを見て、「でも」と言いかけた言葉をのみ込んだ。

手伝いはしたくてしていたのだけど、今の状況ではかえって心配をかけてしまうらしい。

職を失って貯えも大してないのに就職の目途も立たず、考えれば考えるほど不安になる状況の中、無心で料理や掃除をしていたほうが気がまぎれる。だからといって、さすがに五日連続で顔を出すのは甘えすぎかもしれない。カナリヤ亭は私の実家ではないのだから。

「じゃあ、帰りますね」

「あ、これ持ってって。農家さんからいっぱいもらったから」

リサさんがビニール袋に入れてくれたのは扁円《へんえん》形の立派なキャベツだった。失職して今月ピンチだったから主菜にも副菜にもなる優秀な野菜のおすそ分けはありがたい。

カナリヤ亭をあとにして坂道を上りつつ冷蔵庫の中身を思い浮かべる。

「今晩はロールキャベツにしようかな」

夕ご飯の献立を考えながら、徒歩二十分先にある古い木造アパートのわが家に急いだ。

「――それで、君のこれまでの実績は？」

履歴書から目を上げ、正面の応接ソファに腰を下ろした恰幅《かっぷく》のいい男性が眼鏡をかけ直す。

求職活動を始めて十日が経ち値踏みするような視線にはだいぶ慣れてきたけれど、どう答えれば正解なのかはいまだにわからない。

「はい。業務の効率化を図るために紙媒体の数値をすべてデータ化して管理体制の見直しを行いました。結果として無駄な残業時間を減らし十パーセントの経費削減につながりました」

「うーん、そういう誰にでもできることじゃなくてさ。もっと君特有のアピールポイントはないの？」

役職室と兼用になっているらしい雑多な応接室は扉一枚で隣室と仕切られていて、電話の音や従業員の声などフロアの慌ただしさが背中越しに伝わってくる。じりじりと背後からあぶられている気持ちになりながら質問の答えを絞り出した。

「ええと、データ入力のスピードには自信があります」

男性が大きなため息をつく。

「そういうのはバイトとか派遣とかでいいわけよ。営業事務の経験ないならうちには必要ないから、悪いけどほかをあたってくれる？」

履歴書を突き返され、追い立てられるようにオフィスビルの外に出た。

時刻は午後六時。遠くの空がオレンジ色に染まり、沈んだ太陽の残照が上空の群青と混ざり合って滲んでいく。

「帰ろう……」

肩からずり落ちたバッグを持ち直す。大して中身は入っていないのに漬物石でも抱えているみたいにずっしり肩に食い込む。

ここ数日、毎日のようにハローワークへ行き一日に何件もの面接を受けてわかったこと。それは私が社会から必要とされていないという事実だ。こうも立て続けに不採用の結果では、もともとないに等しかった自己肯定感が木っ端みじんになる。

正社員として働くことのハードルの高さを改めて思い知った。こうなったら派遣でもアルバイトでも、とにかくやれることをやるしかないだろうか。仕送りはこれまでみたいにできなくなるけど、家賃は彼氏が折半にしてくれているし、生活費を切り詰めればどうにかやっていけるかもしれない。

そういえばこのあたりは純也《じゅんや》が活動している音楽バンドの練習スタジオが近い。都内の主要駅から徒歩十分ほどの繁華街。その周辺にある音楽スタジオで、彼氏の純也は学生の頃からの仲間とバンド活動をしている。その後、近くのコンビニで深夜バイトに入るのが常だった。

一歳年上の純也とは、カナリヤ亭で出会った。

当時大学生だった彼がバンド仲間と一緒にやってきたあの店で私に声をかけてきたことが始まりだ。まあ、平たく言えばナンパだ。

最初は相手にしなかったけれど、何度も通ってきては口説いてくるから、そのうち根負けする形で付き合うようになった。そんな出会いでも六年も続いているのだから、純也とは馬が合ったのだろう。

「結婚か……」

脳裏をかすめるのは、ホテルの一室で冗談としか思えないことをまっすぐな目で口にした穂高社長だ。

長年一緒にいる純也とだって結婚話は出たことがないのに、その日会ったばかりの相手に軽々しく提案する内容だろうか。いくら私がお金に困っているからといって、そんな話に食いつくと思われたことが腹立たしい。

「まったく」

駅までの近道である繁華街の裏通りを歩きながら、イラついた感情を鎮めるように深く息を吐く。こんな気分のときは無心で料理をするに限る。

この間カナリヤ亭でもらったキャベツが余っているから千切りにして、マスタードとリンゴ酢、隠し味のウスターソースを混ぜれば純也が好きな絶品コールスローのできあがりだ。人参とハムもまだあったはず。

冷蔵庫の中身を思い浮かべていると、ふと傍らの建物から出てきた人物に目が留まった。カップルのように腕を組んで前を歩いていく金に近い髪色の男性と短いスカートの女性。その男性のほうに見覚えがある。

かぶっているキャップも特徴的なロゴが背中にプリントされたTシャツも、自宅のクローゼットで何度も目にしていた。

ふたりが出てきた建物を改めて仰ぎ見る。紫色とビビッドなピンク色の独特な雰囲気の看板に心臓が速くなった。それは、どこからどう見てもラブホテル。

「純也――？」

まさか、まさか。

そう思いながらつい口走った名前に、前を行くふたりが振り返る。

不思議そうな顔をしている茶髪の女性に見覚えはなかった。でも、男性のほうはあまりにも見知った顔だった。

「え、ひかり？　なんでここに」

純也は一瞬だけ驚いたように眉を持ち上げただけだった。焦った様子もなくまっすぐ私を見ている。

「なんでここにって、こっちのセリフ。というか、今、そのホテルから……出てきたよね」

震えそうになる声を抑えながら、自分の彼氏に腕を絡ませている女性をちらりと見た。

「その人、誰……？」

短い沈黙のあと、大きなため息が聞こえた。目を向けると純也が面倒そうに首をかく。

「めんどくせ。もういいや」

立ち尽くしている私を一瞥すると、彼は彼女の肩を抱き寄せた。

「こっちが本命だから。おまえとは、もう終わり」

「え、待って。どういうこと」

純也に体を預けて私を見ていた女性が、ふいにパンと両手を打った。

「ああ、もしかして！　お母さんみたいな同居人ってこの人のこと？」

甘えるような目線を送る彼女に、純也は「そうそう」と白い歯を見せる。

「便利だったから一緒にいたけど、面倒だから切るわ」

「えーひどい男ー」

笑いながら憐《あわ》れむように視線を送ってくる彼女はメイクもばっちりで私とは正反対の人種だ。そんな彼女に唇を寄せ、純也は私を追い払うように手を振る。

「というわけで、おまえもう要らないから」

言葉が出てこなかった。私が知っている彼とは思えない、一方的な物言い。

たしかに最近はマンネリで一緒に過ごす時間も減っていたけれど、純也はいつも優しくて、私が家事を引き受けていることに対していつも『ありがとう』と言ってくれていたのに。

「だって……ご飯おいしいって。毎日食べたいって……」

「そう言っておけば勝手に喜んでいろいろ作るだろ」

「私、食べたことある！　純也がよくタッパーで持ってきてくれるやつでしょ。おいしいよねー。煮物とか、ホントお母さんみたい」

くすくす笑う彼女の声にがつんと頭を殴られたような気がした。

彼氏のためにいつも余らせるほど作った料理。冷蔵庫に保管しておくと空になっていたから、私が仕事の間に食べてくれていたのだと思っていたのに。別の女のところに持って行ってたの？

「ひどい」

私の掠《かす》れた言葉に、純也は悪びれた様子もなく口角を上げる。

「だっておまえ全然色気ねえし。俺、おかんみたいな女とは付き合えないから。じゃあな」

「純也……」

遠ざかっていく背中に、私の声はもう届かない。

信じられない気持ちのまま、去っていくふたりを見送るしかできなかった。

空が急に落ちてきたみたい。見えない衝撃に全身を殴打され、私はその場から動けなかった。

やけ酒なんて、するつもりはなかった。

普段からお酒はそんなに飲まないし、そもそもお金だってない。それでもズタボロの心を癒す術《すべ》がほかに思いつかなくて、気がつけば繁華街をふらふらと彷徨《さまよ》い、赤い提灯を軒先に下げた大衆居酒屋に足を踏み入れていた。

　立ち飲みスタイルで格安料金が売りらしいそこは、カウンター式のテーブルが壁に沿って設えられているだけで隣との境がない。狭いしお客はサラリーマンの男性ばかりでお世辞にも綺麗な店とはいえないのに、不思議と居心地がよかった。見知らぬ人といえどもすぐそばに人の気配を感じられるからかもしれない。

「お姉さんひとり？　いい飲みっぷりだね」

　隣にいた二十代後半くらいのスーツ姿のふたり組が声をかけてきたとき、私はビールジョッキを四つ空にしていた。

「さっきから飲んでばっかだから食べたほうがいいよ。ほら、コレあげる。牛スジの煮込み、うまいから」

　短髪の爽やかそうな男性がちょうど運ばれてきた器を置き、私を挟むように回り込んだ。

「どうしたの、なんか嫌なことでもあった？」

　アルコールで心の防壁がふにゃふにゃに溶けてしまったように、優しい声音はダイレクトに胸に沁《し》みた。涙が出そうになってこらえても、気持ちはそのまま口からこぼれていく。

「振られたんです。誰も……私なんか必要ないって」

純也だけじゃない。ここ数日面接に赴いたすべての会社で、私は必要とされなかった。

まるで存在価値がないと言われたみたい。体の中心で私を支えていた芯は面接のたびに削り取られ、最後、純也の言葉で折れてしまった。

「そっかぁ。可哀想に。俺らでよければ話聞くよ」

カウンターに突っ伏す勢いでうなだれる私の頭を、短髪の男性がぽんぽん叩《たた》く。知らない人に触られるなんて普段なら不快なのに、振り払う気も起きない。

アルコールで鈍った心はあらゆる機能を停止していた。外的な刺激でこれ以上心が傷つかないよう、わざと鈍化しているみたいに。

「お姉さん、可哀想だから奢《おご》ってあげる。ほら、これとかおいしいよ。オレンジジュース入りで飲みやすいし」

もうひとりのがっしりした体型の男性に勧められるまま、サワーを一気に半分飲んだ。嫌なことを忘れるためにアルコールを摂取したのに、なぜか悲しみが増幅していく。

「どうせ、私なんて」

「うんうん、ひどい男だね。そんなヤツ忘れちゃおうよ」

「そうそう、俺たちが手伝ってあげるから」

両側から低い声で囁《ささや》かれ、回転が鈍った頭の奥ではじめてアラートが鳴った。

「……帰る」

頭がぐらぐらするし、急激な眠気が襲ってきた。どうにか会計をしてお店を出たものの、足が言うことをきかない。ふらついてうまく歩けない私の腕を、追いかけてきた短髪の男性が支える。

「ほら、転ぶよ。送ってあげる。タクシー呼ぶから」

離して、と腕を振り払おうとするものの、力が入らないうえに呂律も回らない。男性が「よしよし」と私の背中を撫《な》でる様は、きっと傍《はた》からみたら酔っ払いが介抱されているようにしか見えないだろう。

「ほら、行こう」

強引に腕を引っ張られたとき、視界が遮られた。正面に人が立ちはだかったのだと気づくのに時間がかかる。

「なんだおまえ、邪魔」

私の傍らにいた男が声を尖《とが》らせた瞬間、低い声が返ってきた。

「そいつをどこに連れていく気だ?」

「は？　おっさんには関係ないだろ」

誰――？

目を開けると視界がぐるぐる回って立っていられない。交わされる会話を半分も聞き取れないまま、意識が遠のきそうになる。

「おまえたちのほうが彼女と関係なさそうだが」

「あ、もしかしてあんた、この子が振られたっていう彼氏？」

「まじか。心配しなくても俺らが慰めるから、新しい女のとこに帰っていいよ」

男たちの笑い声が頭に響く。静かにしてほしいのに、ひとりが急に焦った声を出した。

「おい、おまえなに撮ってるんだよ！」

「今の世の中、なにがトラブルにつながるかわからんからな。客観的証拠は常に残しておいたほうがいい」

「ふ、ふざけんなよ、俺らなんもしてねえだろ」

「いいよ、もう行こうぜ」

両側にいた男たちが去っていく気配にほっとしていると、爽やかな匂いが鼻腔《びこう》をかすめた。

「おい、大丈夫か」

聞き覚えのある低い声になにも応えられないまま、目の前が暗転した。


目が覚めた瞬間、見知らぬ天井が見えた。

ぼんやりしながら身を起こすと、カーテンの隙間から漏れる光がグレーと黒を基調とした空間を映し出している。

その真ん中にある、実家の家族全員で寝られそうなほど広いベッドに私はひとりで寝ていた。視線を下げると見覚えのあるシンプルなブラウスとスカートをまとっている自分の姿が目に入る。

ここ、どこ……。

差し込む光をぽかんと見ていたら、外から鳥のさえずりが聞こえた。

どうやら朝みたいだけど、私、いったいどうしたんだっけ。

昨夜の記憶を思い返そうと目をつぶる。

就職活動の面接を受けに行ったら『うちには必要ない』と言われ、その帰り道で彼氏の浮気現場に遭遇した挙句『おまえもう要らないから』と振られ、安い居酒屋で安いお酒を大量に飲んで知らない男たちに絡まれて……。

思い出したくもない事実が次々と掘り起こされ、頭痛がしそうだった。実際にあれだけ飲んだのだから二日酔いは必至なのに、どういうわけか頭がすっきりしていて寝覚めがいい。

ルームフレグランスでも置かれているのだろうか。かすかに感じる心地よい香りが睡眠の質を高めてくれた気がする。

光が遮られた室内に視線を巡らせてぎょっとした。

壁際に見えたのはディフューザーではなく、カウチソファにもたれかかる人影。タブレットから顔を上げたその人が、なんの感情も読み取れない目線をよこす。

「起きたか」

「ど……どうしてあなたがここに」

声が掠れた。

そこに佇《たたず》んでいたのは、ホダカ・ホールディングスの社長、穂高壱弥だった。グレーのルームウェアに身を包んだ彼は私を無表情に見やり、当然のように言う。

「ここは俺の家だ」

「えっ」

「それより気分はどうだ？　夕べはだいぶ酔っぱらってたみたいだが」

ゆっくり近付いてくる彼を見上げながら、さっき思い出しきれなかった昨夜の記憶をたぐる。

居酒屋で男ふたりに絡まれて、どうにか自力で逃げ出したつもりだったけれどお店の外まで追いかけてきて……そこからぷっつり記憶が途切れている。

状況をのみ込めない私を呆《あき》れたように見下ろして、彼はペットボトルの水を差し出した。

「昨日、あの通り沿いの店に視察に行った帰り、明らかに正常な判断能力を欠いた女が路上に座り込んでると思ったらおまえだった」

「それで……助けてくれたんですか」

「あいつら、よっぽどうしろめたいことをするつもりだったらしい。動画を撮ってる振りをしたら一目散に逃げていったぞ」

「そう、だったんですね」

改めて危ないところだったのだと思ったら、指先が震えた。どうにか水を一口含むと、乾いた体に染み渡る。

穂高社長はわずかに片眉をひそめ、背中を向ける。

「コーヒーを淹《い》れる。準備ができたら下りてこい。部屋を出て突きあたりに洗面所がある。ここはゲストルームだからこの部屋のものは自由に使っていい」

早口で言うと、ドアを出る間際に一瞬、振り返る。

「ひどい顔だぞ」

平坦に言い放ったその目は、やっぱり無感情だった。

ドア脇にあった壁掛けの姿見で確かめると、たしかにひどい格好だ。ブラウスもスカートもしわだらけで髪には豪快な寝ぐせがついている。

そっとドアを開けると白い大理石調の階段が目に入った。どうやらここは二階らしい。なんとなく気配を消して廊下を進み、突きあたりにある洗面所に体を滑り込ませる。

大理石の洗面化粧台にはホテル並みにアメニティが揃っていた。普段から来客のために置いてあるのかもしれない。

大きな鏡に映った自分の姿をまじまじと見る。

昨日、自分の頭では処理しきれないほどいろんなことが起きたのに、顔には疲れが出ておらず肌の状態は良好だった。ただし泣いたせいか目は腫れぼったい。けれど、不調はそれだけだ。

きっとよく眠れたおかげだろう。

毎日夜の十一時に就寝し朝の六時に起きる生活をしていて睡眠は十分に取っていたつもりだけど、こんなふうにスッキリ起きられることは少ない。やっぱりいつもとは睡眠の質が違う気がする。

ベッドの寝心地が抜群だったおかげもある。ただ……それよりも、この家自体に漂う匂いというか空気というか、動物的な本能に訴えかけるなにかが作用しているような気がしてならない。

部屋に戻りクローゼットを開けてみるとなぜか新品のシャツやらワンピースやらが並んでいた。自由に使っていいとは言われたけれど、やっぱりそういうわけにもいかない。

服のしわを無理やり伸ばし、身支度を整えてから一階に下りる。

そして私は呆気にとられた。

白を基調とした空間はやたらと広く、個人宅というよりは美術館といった様相だ。

二階まで吹き抜けになった天井ではクリスタルの美しいシャンデリアが存在感を放ち、階段を下りた先のリビングルームには十人は座れそうなラウンドソファが鎮座している。白いレンガ調の壁に黒い巨大なテレビが埋め込まれ、白い空間を引きしめていた。

しんと静まり返った広い家は大理石の無機質な雰囲気も相まって冷たい印象だ。高級感があってどこもかしこも美しいけれど、温かみはない。まるで家主そのものだなと思った。

迷いながらダイニングルームにたどり着くと、コーヒーの香りが鼻をかすめた。

「いい匂い」

「砂糖とミルクは？」

アイランドキッチンの向こう側で、穂高社長は顔を上げずに言う。

「いえ、大丈夫です」

コーヒーカップをふたつ手に持つと、彼は私に座れというふうにダイニングテーブルに置いた。

「あの、夕べは本当にありがとうございました」

「べつに。通りがかっただけだ」

真正面に座った彼に表情はない。口調も冷たいけれど、不思議と怖くはなかった。むしろこれまでには感じなかった奇妙な違和感を覚える。

この人、根本的に素直じゃないというか、ひねくれ者なのかもしれない。

ただ通りがかっただけなら、面接で一度会っただけの私のことなんて無視すればいいのに、わざわざ助けてくれたうえに自宅に泊まらせてくれたのだ。

クールな言動からは想像がつかないけれど、根はいい人なのかな。

コーヒーを啜りながら思いを馳《は》せていると、ふと彼が口を開いた。

「振られたらしいな」

「えっ!?」

「昨日の男たちがそう言っていた。同棲中でラブラブの彼氏とはうまくいってなかったのか」

瞬時に顔が熱くなった。落としそうになったコーヒーカップを両手で慎重に置く。

契約結婚の話を持ちかけられ、彼氏がいるからと断ってからまだ一週間も経っていない。

いたたまれず俯《うつむ》きそうになったけれど、正面に座った彼の顔に変化はなかった。

呆れるでも茶化すでもなく、ただまっすぐ視線を送ってくる。

「私を、憐れんでるんですか?」

感情を読み取れない視線に、疑問を投げかける。

「可哀想だから、助けてくれたんですか?」

立派な会社の社長で美術館みたいな邸宅に住み、なに不自由なく暮らしている彼からしたら、泥酔していた私はさぞ滑稽だっただろう。むしろ悲惨すぎて捨て置けなかったのかもしれない。

睨みつける私の視線を受け止め、穂高壱弥はほんの少し眉をひそめた。

「可哀想？　おまえが？　なぜ？」

怪訝そうに言うと、彼はコーヒーを一口飲んでテーブルに置かれていたタブレットを引き寄せた。きっと私がいてもいなくても同じなのだろう。毎朝この時間にコーヒーを淹れ、軽く仕事をしながらマイペースにカップを口に運ぶ。

まるで仕事の片手間に秘書と話すような雰囲気で、彼は告げる。

「俺はおまえを庇護《ひご》するためにここに連れてきたわけじゃない」

「じゃあ、どうして」

そのとき、携帯の通知音が響いた。まるで、美術館では通知を切っておけ、とでも言うような彼の冷ややかな視線に、慌ててスカートのポケットからスマホを取り出す。

画面に目を落とした瞬間、私は固まった。

表示されたメッセージアプリのプッシュ通知が、思考を停止させる。

【彼女と住むからアパートにはもう来るなよ】

それは純也からのメッセージだった。昨日の今日なのに、どこまで容赦がないのか。

「嘘《うそ》でしょ。無理無理、困る」

口の中で呟きながら必死に指を繰る。

【待ってよ！　荷物とかあるし】

【どうせ大したもん持ってないだろ。どうしても必要なのは着払いで送ってやる】

【そんな急に、困る】

【知らねえよ。どうせ仕事もないんだから実家に帰ればいいだろ】

こういうときだけ即レスの純也に怒りが込み上げた。

「地元に戻ったところで稼ぎのいい仕事に就けるはずないじゃない！」

叫んでから、ハッとする。顔を上げると無言の社長と目が合った。

「……失礼しました」

刺すような視線、と私が感じているだけで、実際は彼がそこまで私の存在を気にしているようには思えない。自分にも相手にも感情移入をせず、どこまでもフラットに物事を見ている。この視線に慣れてきたせいか、そんなふうに感じた。

「帰る場所がなくなったか？」

淡々と事実を指摘されても、もう睨みつける気力はない。みじめすぎて自分で笑ってしまいそうだ。

私は、社会からも恋人からも必要とされていない。

「さっきの続きだが、俺はおまえが可哀想だから連れてきたわけじゃない」

背筋をピンと伸ばしたまま、すべてを手にしている彼はどこぞの王子様のような顔をまっすぐ私に向ける。

「おまえが必要だからだ」

真剣な面持ちで放たれた言葉。あまりにも思いがけず、頭で理解する前に心臓を貫かれた。

固まっている私を置いて、彼はテーブルの隅に置かれていたクリアファイルを手に取った。

「といってもこれは強制じゃない。対等な取引だ。おまえには選択の自由がある。それを踏まえたうえで提案する」

一枚の書類を取り出し、私の前に滑らせる。

「俺と結婚するか？　毎晩同じベッドで寝さえすればほかはおまえの自由だ。どこぞの男と付き合ったっていい」

「取引……」

提示された婚姻届に目を落とす。空白の項目は『夫になる人』『妻になる人』という文字以外は見慣れたものだった。氏名、住所、本籍地。ハローワークでもそうだし、免許更新や行政手続きで記入を求められるほかの用紙となんら変わらないように思える。

——結婚なんてただの契約だ。

思い出したのは、数日前に彼から言われた言葉だった。

たしかに、そうかもしれない。

たった数日前に出会ったばかりの人とでも、紙切れ一枚を役所に提出するだけで夫婦になれるのだ。何年も一緒にいたはずの純也とだってろくにわかり合えていなかったのだから、結婚には一緒にいた年数なんて関係ないのかも。

「ひとつ、質問していいですか」

薄い用紙を持ち上げると、かさりと乾いた音がした。彼が婚姻届に注いでいた視線を私に移す。

「なんだ」

「たとえば、この婚姻届を出したとして。あなたと結婚したあとに、お互いに好きな人ができたら？」

想定外の質問だったのだろうか。彼は一瞬だけ眉を持ち上げ、すぐにもとの無表情に戻った。

「そのときは離婚届に判を押せばいい。まあ、俺が言い出したからには、俺からおまえに三行半《みくだりはん》を突きつけることはないがな」

そういえば、この人は『そもそも結婚する気はない』と言っていたのだ。もしかすると人を好きになったことがないのかもしれない。

「……おい、なんか憐みの目で見てないか」

「とにかく、私のほうから好きなときに離婚をしていいということなんですね」

話を戻すと彼は一瞬考えてから口にする。

「籍に傷をつけたくないなら恋人関係になるという手もある。障壁だった『彼氏』とは別れたんだろう？」

無表情のまま言われて、私は首を横に振った。純也とはもう会わないつもりだけれど、穂高社長と付き合うというイメージは湧かない。

「恋人っていうのは好き同士がなるものでしょう？　あなたとは違う気がする」

「そういうものか」

やはり彼は恋愛に疎《うと》いらしい。私からすれば契約を交わさない恋人関係はお互いへの想《おも》いがないと成り立たないし、逆に結婚は気持ちがなくても成り立つ。偽装結婚なんて言葉もあるくらいだ。

「それに、お金をいただくならきちんと契約書を交わして、私も務めを果たさないといけない」

「なるほど、結構なことだ」

紙切れ一枚で結ばれた縁は、紙切れ一枚で断ち切れる。

そう考えれば、『結婚』という言葉の重みも薄れる気がした。いつだって引き返すことができる。それならこの『取引』は私にとってどれだけ有益な話だろう。

紙切れ一枚の契約書に記入して穂高社長と毎晩同じベッドに入るだけで、月百万の報酬を得られる。

つい笑ってしまった。ひと言で言えば、とても怪しい話だ。持ちかけてきたのがホダカ・ホールディングスの社長でなかったら絶対に断っている。

私はテーブルの下に置いたままだったバッグからペンケースを取り出し、目の前に婚姻届を広げた。ボールペンを持って一呼吸し、空欄を埋めていく。

今朝からずっとクールな表情だった穂高社長は、私が印鑑を取り出すとさすがに驚いた顔をした。

「ここのところハローワークに行って書類を書く機会が多かったから、持ち歩いてたんです」

先回りして答えると、彼はかすかに笑った、ように見えた。

記入を終えて用紙を差し出す。

「私、あなたの妻になります」

遊佐ひかり、二十六歳。結婚という名の就職が決まった瞬間だった。

抱き枕、仕事と私生活の狭間に

婚姻届に署名をしたその日から、穂高壱弥とベッドを共にする生活が始まった。

はじめこそ緊張したけれど、一週間も経つとだいぶ慣れた。というのも、私が眠りにつくときは大抵ひとりだからだ。

仕事が忙しい彼は帰宅が遅く、午前〇時を回ることもある。たまに夜の九時くらいに帰ってきても食事をしたあとはパソコンとにらめっこをしていて、寝室に来るのはだいたい深夜二時を過ぎてから。

私はこの家に来てやたらと睡眠が深くなり、彼がベッドに入ってきたことに気づかないことが多い。朝起きたときにはじめて横に寝ている姿を見つける、というのが常だった。

朝六時。長年の習慣でアラームをかけなくても自然と目が覚める。

ぼんやりと視線を横にずらした瞬間、鼻先に人の顔があって心臓が跳ねた。目に飛び込んできたのは彫刻のような寝顔。同じベッドで寝ることに慣れたとはいえ、朝一番のこの瞬間だけはどうしても胸が高鳴ってしまう。

目と眉の間隔が近いせいかきりりと締まった印象の目元と主張しすぎない形のよい鼻。歪みも無駄もない完璧なバランスで配置された顔立ちは、いつまでも見ていられる。

目の下に陰ができるくらいまつ毛が長い。毎朝見てるのに、毎回新鮮な気持ちで羨んでしまう。

一緒に寝てもらう、と言われたときはどうなることかと思ったけど、本当に一緒のベッドに入るだけで、彼は私の存在に気づかないように熟睡している。

拍子抜けというかなんというか……。こうやって隣で丸まって寝ているだけなら大型犬に添い寝されているのとさほど変わらない。

思わず苦笑が漏れた。我ながらなかなかの順応性だ。恋人以外の、それもとびきりの美形が隣で寝ているという夢みたいな現実をあっさり受け入れているなんて。

静かに寝息を立てる彼から視線を外し、私はそっと身を起こす。

十帖《じょう》を超えるこの寝室は物が少ない。家具といえばクイーンサイズのベッドがひとつあるくらいだ。ワーカホリックな彼らしく、ただ寝るためだけの部屋といった感じだった。

ベッドサイドにある仕切られた四畳半くらいのスペースは、ガラス扉が付いたクローゼットデザインのワードローブだ。スーツが並んだ棚も彼自身がまだ寝ているベッドも限りなくブラックに近いグレーで統一されている。重厚でスタイリッシュな部屋全体が大人の男性の色気を漂わせている気がした。

足音を立てないようにベッドを下りて部屋を出る。廊下を進んでゲストルームに向かうと、段ボールに梱包《こんぽう》された最低限の私の荷物が置いてあった。

この段ボールを運んでくれたのは業者の人だ。私ひとりでアパートに取りに行くのは危険だと言って、穂高壱弥が手配してくれた。

荷物といっても貴重品や身の回りのものだけだから段ボール二箱程度しかない。衣類やら食器やらは新しいのを用意すると言われ、大切なものだけを残して古いものは処分予定だ。

クローゼットの扉を開け、着ていたシルクのパジャマからワンピースに着替える。ずらりとハンガーに並んだ洋服は、すべてサイズがぴったりだった。私をこの家に迎えることを想定して用意したらしいけれど、そもそも契約結婚の話を断っていたらどうなっていたのだろう。

さらりと着心地のいいワンピースは、これまで着ていた量販店の安物とは比べ物にならないくらい縫製が細やかで素材からして違う。身の丈に合わず服に着られている感が否めないまま身仕度をして一階に向かった。

ダイニングの入り口脇にあるスイッチを押すと、カーテンが自動で開いていく。中庭に面した壁一面の窓から朝の光が注ぎ、静かな部屋を優しく照らしだす。

床が明るいグレーの大理石調になっているダイニングキッチンは、家主の寝室と同様、黒で統一されている。ビルトインのオーブンレンジに三口のガスコンロ、シンクまで真っ黒だ。壁側の戸棚横にある扉を開くと奥がパントリーになっていて、食材や調味料がストックされており、冷蔵庫もそこに置かれていた。

冷蔵庫が見あたらずに探し回ってしまった初日を思い出しながら、広いキッチンを動き回り簡単な朝食を作る。

ほうれん草のソテーとベーコンエッグとトースト。ワンプレートに盛りつけてコーヒー用のお湯を沸かしているとダイニングの入り口に人影が見えた。

私と色違いのパジャマを着た穂高壱弥が大きなあくびをしながら入ってくる。目が合うと形のいい唇をぽかんと開けた。

「おはようございます。というか、まだ慣れないんですか？　もう一週間も経つのに」

コーヒーを淹れながら半ば呆れて言うと、彼はばつが悪そうに目を逸《そ》らす。

「……いや」

もともとショートスリーパーの彼は毎日三時間ほどしか睡眠を取らず、目が覚めたらすぐに仕事をする生活をしていた。きっと起きた瞬間から頭が覚醒して今日のスケジュールやニュースを確認していたのだろう。だから起き抜けに頭が働かずにぼんやりするという状態に慣れていないのだ。

「今日はどれくらい寝たんですか」

私の問いかけに彼は壁の時計を見やる。

「……五時間」

深水さんいわく、なにをしても三時間で目が覚めていた穂高壱弥は、私と同じベッドで寝るようになってから少しずつ睡眠時間が延びているらしい。いつものサイクルと違うせいか起き抜けにぼんやりすることが増え、そんな自分に戸惑いつつ、さらに自宅でよくわからない女――つまり私――が寛《くつろ》いでいる状況になかなか慣れないみたいだ。

いつもつんとしている彼の戸惑った顔は朝しか見られないから貴重だ。そして後頭部にぴょんと跳ねた寝癖はちょっとかわいい。

「今日も朝食はいらないんですか？」

「ああ」

私がダイニングテーブルに着くと入れ替わるようにキッチンに入る。

「それよりおまえのほうは慣れたのか？　ここでの生活に」

キッチンカウンターから目線を送ってくる穂高壱弥はパジャマ姿だと普段の迫力が薄れる。代わりに見てはいけないものを見ているような気分になった。たとえるなら芸能人やモデルの私生活を覗き見しているみたいな。その生活の中に自分も入り込んでいるなんて、なかなか実感が湧かない。

「不便はないですけど、慣れてはいないかな。毎日することがなくて」

広すぎる家は週に二回来るハウスキーパーの人がピカピカにしてくれるし、料理も作り置きをしてくれるから私の出る幕はない。

妻になったからには家事を引き受けたほうがいいかなと申し出てみたけれど、おまえに求めてるのはベッドを共にすることだけだ、と一蹴されてしまった。そうなると私がすることは自分の朝食と昼食の用意とちょっとした片付けくらいで、ここのところは散歩が日課という健康的すぎる生活になっている。

コーヒーを淹れた彼は斜向《はす》かいに座ると、私の食事の様子をつまらなそうに見た。

「毎日退屈か？　なにか要望があるなら言ってみろ」

不思議に思う。

穂高壱弥は口調も態度も不遜だけれど、たまに私を気遣うような発言をする。

結婚したといっても愛のない契約婚だし、私に求めていることはひとつなのだから、それ以外は一切関与しない、というようにビジネスライクに接してくるかと思ったのに。

若くして立ち上げた会社を上場企業にまで成長させた才能溢《あふ》れる彼は、田舎の古い家で母と四人の弟妹と家計を気にしながら育ってきた平々凡々な私とは、きっと生まれも育ちも全然違う。それなのに、私の考えや意見を聞いて対等に扱ってくれようとする。

黒目の大きな切れ長の目を見返しながら、私はダメもとで口を開いた。

「それじゃあ、やっぱり働きに出てもいいですか？　一日中家にいると落ち着かなくて」

これまで弟たちの世話やらアルバイトやら、社会人になってからは仕事やらカナリヤ亭の手伝いやら、休む暇もなく動き回っていたのだ。急に自分の時間ができると、胸にぽっかり穴が空いたみたいで心もとない。

「好きなことをすればいい」

表情を変えずに、穂高壱弥は「ただし」と続ける。

「俺が帰宅するまでにはここに戻ってることが条件だ」

「はい。ありがとうございます。それともうひとつ」

「なんだ」

タブレットに目を落とそうとする彼に、はっきり言う。

「あなたのことを知りたい」

彼は下げかけていた視線を戻した。真意を探るようなまっすぐな目を正面から受け止めて、私は思いきって続ける。

「私、結婚したのにあなたのことをなにも知りません。不公平だと思うんです。あなたは私のことを調べていろいろ把握してるのに、私はあなたの家族構成すら知らない」

「それは知る必要があるのか？」

「形だけとはいえ夫婦なんだから、相手のことは知っておきたいです。ホダカ・ホールディングスの代表取締役兼ＣＥＯで今年三十四歳になるとか、身長は百八十五センチとか、表面的なことはこの一週間でだいぶわかったけれど」

「表面的なこと？」

眉をひそめる彼に、私は指折り数える。

「結構綺麗好きで、帰宅したらまずはお風呂に入るとか、洗い物を溜《た》めるのが嫌いとか、アルコールはそんなに飲まなくて、代わりに夜でもかまわずコーヒーを飲むとか、意外と独り言が多いとか」

「……よく見てるな」

「でも、人となりまではわからない。一見高慢ちきに見えるのに、私と対等でいようとしてくれるし、深水さんにはおもちゃにされてるし。いまいちあなたという人間が見えないというか」

「……おまえもなかなか言うよな」

「おかしくないですか？　夫の人となりがわからないなんて」

プレゼンでもしているみたいに身振り手振りで訴えると、彼は小さく息をついた。

「人となり、ね。具体的にはなにを知りたいんだ？」

切り返されて一瞬考える。その人の性格や人柄を知るには、どうすればいいのだろう。

友人や会社の同僚だったら、日常的に接しているうちに少しずつわかってくるものだけれど、私と彼はひとつ屋根の下に暮らしているのに接する機会が少ないうえ、一緒に過ごすのはベッドで寝ているときだけ。

それなら深水さんにいろいろ聞ければいいのかもしれないけど、あの人、過保護だからちゃんと客観的な情報を得られるか不安だ。

「たとえば、あなたが会社でどういうふうに過ごしてるかとか、社員の人たちにどう接してるのかとか。それがわかれば納得いくかもしれない」

周囲にどう振舞っているのかや、周囲からどう思われているかを知ることができれば、穂高壱弥という人間のことをもっと理解できるかもしれない。

そう思ってから、自分で気づいた。

そうか、私はこの人のことを理解したいんだ。

だいぶ強引な手は使われたけれど、それでも彼は職を失って窮地に陥っている私に救いの手を差し伸べてくれた。

考え込むように顎に手をあてている穂高壱弥を改めて見る。

男らしいというよりは中性的な美しさをまとった彼。きりっと冴《さ》えた目元に意思の強さがうかがえた。

この人のことを、知りたい。

内心に強く芽生えた心を隠しつつ、私はにっこり微笑んでみせる。

「自分の会社なのに、社内でものすごく嫌われてたりして」

「ほう」

片側の口角が艶《なま》めかしく上がった。

あ、ちょっと腹が立ってる顔だ。

いつも無表情でわかりづらい彼の感情を、察知できるようになっている。それがうれしくて、にやけそうになるのを必死にこらえた。

「なるほど、わかった」

ふいに席を立ち、彼はぽかんと見上げている私に綺麗な顔を崩して不敵な笑みを浮かべる。

「それなら仕事をやろう。勤め先が決まるし俺のこともよくわかる。一石二鳥だ」

「仕事って？」

「七時半には家を出る。おまえも早く食べて支度しろ」

まだ半分以上残っている朝食プレートに目を落としてから、飲み終わったコーヒーカップをシンクに運んでいく。広い背中に慌てて声をかけた。

「支度って。どこに行くんですか？」

振り返った顔に無表情を貼りつけて、彼はあたり前のように答えた。

「出社するに決まってるだろ」

鏡のように磨き上げられた大理石の広い床面に、公園のようなエントランスアプローチからの光が差し込んでいる。ちらほらと正面玄関を抜けて入ってくるのは、いずれもびしりとスーツを着込んだビジネスマンたちだ。

久しぶりに履いた通勤用のパンプスが歩くたびにカツンと音を響かせて、知らず背筋が伸びる。

「えっと、ここって」

十二基あるエレベータのひとつに乗り込む穂高壱弥に続きながらおそるおそる問いかけると、彼は二十二階のボタンを押した。

「うちの会社が入ってるビルだ」

高層階用のエレベータはあっという間に目的の階までたどり着き、ポーンと上品な音を鳴らす。

「え、あの」

質問する隙も与えず、彼は絨毯敷きの廊下をすたすたと進んでいく。カードキーでドアを開錠し中に入っていく後ろ姿に続いて、オフィスフロアに足を踏み入れた。

自動でブラインドが開いていくにつれ、視界に空が広がっていく。青空の下に立ち並ぶビル群を窓の向こうに望むフロアには、オフィスデスクで作られた細長い島が三つ並んでいた。

「ここが、ホダカ・ホールディングス……」

「ついてこい」

がらんとしているフロアを突っ切り、彼は奥に進んでいく。その背中を慌てて追った。

ミーティングルームらしき小部屋をいくつか過ぎ突きあたりまでくると再びドアにカードをかざす。ピッと小気味いい音が鳴って開錠されると、彼は透明のガラスで仕切られた部屋に入った。

真ん中に鎮座するのはどっしりとしたエグゼクティブデスク。その前にふたり掛けソファが向き合った応接スペースがあり、壁際に本棚とキャビネットが並んでいる。

「ここは、もしかして社長室……」

私が勤めていた小さな工場には存在しなかった部屋だ。置かれた家具ひとつひとつに重厚さがあり、この空間にいるだけで仕事ができる人間になった気分になる。

所在なくあたりを見回している私に気を留めず、彼はデスクに着いてパソコンを起動する。その横顔をまじまじと見つめてしまった。

今朝の寝ぼけたパジャマ姿から一転、完全にビジネスモードになった穂高壱弥は誰も寄せつけないようなぴりりとしたオーラを発している。

「あの、それで私の仕事って」

話しかけづらい空気にまごついていると、音を立てて入り口ドアが開いた。

「社長、おはようございます」

現れたのは深水さんだった。相変わらず三つ揃えのスーツを優雅に身にまとい、眼鏡の奥に柔和な笑みを浮かべている。

「これは遊佐さん」

言いかけて、「ああ失礼」と咳ばらいをひとつする。

「奥様。ご機嫌いかがですか」

言い直された言葉にドキリとした。それと同時に身の丈に合わない呼び名に少しおかしくなる。

「おかげさまで」

苦笑しながら答えると、社長秘書というよりも執事といった雰囲気がぴったりの深水さんが微笑みながら口にした。

「今日はまたどうしてこちらに」

「仕事をしてもらうことにした」

飛んできた穂高壱弥の言葉に私と深水さんは顔を見合わせる。

「仕事とは……」

「秘書アシスタントだ」

そう言うと、彼はデスク脇に立つ秘書に視線を向ける。

「前に人手が足りないと言っていただろ」

「ええ、たしかに」

ニコニコと答える深水さんからパソコンに目を戻し、彼は口早に言う。

「それと今日のスケジュールに打ち合わせを一件追加したい」

「はい、十三時からの三十分ならどうにか。ただ十四時までに移動する必要があります」

「リモートでかまわない。車内でつなぐ」

急に仕事の話が始まってぽかんとしている私に、彼の鋭い視線が向けられる。

「深水。簡単に社内を案内してやれ。それから朝礼でひかりのことを周知。ただし社内ではただのアシスタントということにしておけ」

思わず耳を疑った。

今、さりげなく名前を呼ばれたような……。

「かしこまりました。ではひかりさん、こちらへ」

穂高壱弥のセリフを引き取るように、深水さんはにっこり笑って私を社長室の外に連れ出す。

「当社は全国に二十以上あるグループ企業を統括していて、ここ本社では現在三十七名が働いています。ひかりさんを入れて三十八名になりますね」

深水さんが会社の概要を説明しながらフロアを案内してくれる。

優れた食品を製造しているにもかかわらず、後継者不足や資金繰りの悪化で経営が立ち行かなくなっている中小企業を、救済目的で買収し立て直しを図る。そうすることでグループ全体の収益をプラスにするというのがこの会社の目的らしい。

「ちなみに、穂高社長は営業統括メンバーからは『CEO』と呼ばれています」

CEO――最高経営責任者。私にはあまり馴染《なじ》みがなかった肩書きだ。グループ会社それぞれに社長や責任者がいるせいか、本社の最高責任者として区別するために呼び名を変えている人たちもいるらしい。

「あちらが法務部などの管理部門、その隣の島が営業統括部門と生産部門です。ちらほらと社員が出社してきてますね」

時刻は午前八時を回ったところだった。深水さんを見つけて挨拶をしていく人たちは二十代から三十代と若い男性が多く、それぞれが体にぴったりとしたスリムなスーツを着こなしていていかにも仕事ができそうだった。設立七年目になるベンチャー企業ながら上場を達成したとあって、少数精鋭といった雰囲気だ。

「こちらが社員の憩いの場所、リフレッシュスペースです」

案内された部屋には驚いたことに真ん中にビリヤードの台が置かれていた。壁にはダーツの的がかかり、奥にはカフェのような休憩スペースまである。

「女性社員はこちらで昼食を取ることが多いようです。あ、噂《うわさ》をすれば。小松《こまつ》さん」

「深水さん、おはようございます」

通りかかったのは、大きな丸い目が印象的なかわいらしい女性だった。見ず知らずの私にもふわっと柔らかく微笑んで会釈をしてくれる。

「今日から秘書アシスタントとして入られた遊佐ひかりさんです」

「経営管理部の小松です。わからないことがあればなんでも聞いてくださいね」

デスクに向かっていく小松さんの背中を見送りながら、深水さんは笑顔のまま呟いた。

「社員を動揺させたくないとのことですので、しばらくは社長の奥様でいらっしゃることは内密にお願いしますね」

そういえば『遊佐ひかり』と紹介されていたなと思い至る。自分でも忘れていたけれど、私は今、戸籍上は『穂高ひかり』なのだ。

それからも続々と社員が出社してきたけれど、深水さんと一緒にいる私を気にする人はあまりいなかった。やがて週に一度行われるという朝礼が始まり、連絡事項が交わされたあと、深水さんが挙手をする。

「最後に一点よろしいでしょうか、周知事項です。急ですが本日より秘書アシスタントとしてインターン生を受け入れます。私の遠い親戚の遊佐ひかりさんです。皆さん、いろいろ教えてさしあげてください」

深水さんに促され、注がれる大勢の視線にドギマギしながらどうにか「よろしくお願いします」と頭を下げた。

社員の男性が司会をしている朝礼が締めくくられると、各々が席に着いたり外出の準備をしたり、静かだったフロアがにわかに活気づく。

「というか私、深水さんの遠い親戚だったんですね」

フロアから社長室に戻りながら隣を歩く深水さんを見上げる。彼は正面を向いたまま笑みを崩さない。

「そうしておいた方が、余計な詮索をされませんので」

「なるほど」

もしかすると彼自身があまりパーソナルな情報を開示せずこの会社の謎の人物として扱われているのかも、と思った。いつも笑顔だけどその裏でなにを考えているのかわかりづらいし、実際に曲者っぽいし。

社長室まで戻ってきたところで扉が勝手に開いた。現れた穂高社長は、私に気づいても眉ひとつ動かさない。

「時間だ。深水」

「かしこまりました。ではひかりさん、まいりましょう」

「は、はい」

廊下をさっさと進んでいく長身のふたりを急いで追いかけた。

秘書といっても実際はカバンを持って歩いているだけだった。そもそも車移動だから大して歩いてもいない。

そして、ただ車に乗っているだけだと思っていた移動時間中、後部座席のふたりは休憩する間もなくスケジュールの確認や書類のチェックで忙しそうだった。

午前中からいくつかの取引先を回り、お昼は車内でお弁当を食べ、社長に至ってはろくに食べもしないうちからパソコンを開いてリモート会議に出席している。

助手席から様子をうかがいながら、社長とその秘書の働きっぷりに圧倒されているうちに車が停車した。

「社長、到着しました。十四時から神谷《かみや》所長です」

深水さんの囁き声に穂高壱弥はリモート会議を切り上げパソコンから顔を上げる。

イヤホンを取ると無表情のまま口を開いた。

「深水はここで待ってろ。ひかり」

「はい」

急に呼びかけられて慌てて返事をする。

「おまえは同行しろ」

そう言い残して車を降りる彼をぽかんと見る。

「え」

ビルに向けて歩道を横切っていく社長と車に残る秘書とを交互に見ていると、深水さんが微笑んだまま補足してくれた。

「神谷総合法律事務所。こちらの神谷所長がうちの顧問弁護士なんです。今日は簡単な打ち合わせなのでそう緊張なさらず」

「はあ……」

「おい、置いていくぞ」

遠くから飛んできた鋭い声に「はいっ」と返事をする。エントランスに消えていく社長を追って急いでビルに入った。

それにしても、神谷弁護士ってなんとなく聞いたことがあるような。

考えている間に乗り込んだエレベータが目的階の七階にたどり着く。そこには内線電話だけが置かれた受付エントランスが広がっていた。

法律事務所なんてまったく馴染みがないからどんなところかと不安だったけれど、濃い木目調の壁と間接照明が優しく注ぐ空間は温かい雰囲気だ。

社長が受付の内線電話を取り上げて「穂高です」と短く告げると一分もたたずにドアが開き、かっちりとしたスーツスタイルの眼鏡をかけた女性が現れた。

「穂高社長。お待ちしておりました。こちらへどうぞ」

にこりともせずに言う彼女はすらりと背が高い。うしろで結い上げられた髪はおくれ毛ひとつなく背筋はシャンと伸びている。

どこにも隙のない、絵に描いたようなキャリアウーマン。

仕事ぶりを見たわけでもないのにそう思えるのは、法律事務所に勤務しているという背景のせいかもしれない。自分にろくなスキルがないせいか仕事のできる女性は私の憧れだ。

きびきびと通路を進む彼女の背中を惚《ほ》れ惚《ぼ》れしながら見つめているうちに応接間に通された。

「こちらで少々お待ちください」

廊下に消えていく姿を見送りながらため息が出る。

「すごい、仕事ができそうな人ですね」

「鋼鉄の女か。愛想はないがな」

どの口が言ってるんだろう、と内心を隠す笑みを浮かべつつソファに長い脚を放り出している彼を見る。

「鋼鉄の女？」

「そう呼ばれてるそうだ。笑わず媚《こ》びず鋼鉄の意志で働いてる、ってところか」

「そうなんですか。ますますカッコいい女性ですね。しかも眼鏡を取ったらものすごく美人なんじゃ」

「そうか？　たしかに仕事はできるらしいがおまえのほうが美人だろ」

「そうですよね、眼鏡でわかりづらいけど目鼻立ちがすごく整って……はい？」

あまりに自然に言うものだから聞き流してしまったけど、今ものすごいことを言われたのでは。

「ええと……」

彼は私の視線にかまわず、いつものつんと澄ました顔でスマホに目を落としている。まるでさっきの発言そのものがなかったかのようだ。

え、聞き間違い？

でも、すごくはっきりした声で『おまえのほうが美人』と口にしたはず。だって耳に彼の声の余韻が残っている。

思い返して心臓がバクバク鳴った。

穂高社長はものすごく目が悪いのだろうか。そうでなければ好みが猛烈に偏っているとか。

ソファでゆったりと脚を組む彼のうしろで、勝手に上昇する頬の熱をもてあましていると、ノックの音がして入り口のドアが開いた。

「お待たせしてすみません、穂高社長」

現れたのはスーツ姿の男性だった。社長ほどではないけれど百七十八センチはありそうな長身で、大きな目が印象的な甘いマスクの――。

あっと思う。ジャケットのボタンホールに弁護士バッジを留めたその人を、私は見たことがある。

「相変わらずお忙しそうですね、神谷先生」

「いえいえ、貴方《あなた》ほどではないですよ」

口端だけを持ち上げた最低限の笑みをする社長と対照的に、その人は顔いっぱいに邪気のない笑みを浮かべている。その笑顔と整った容姿で世の女性を虜《とりこ》にしている弁護士——神谷《かみや》伊澄《いずみ》。

情報番組のコメンテーターとか、子供からお年寄りまでが見る国民的なクイズ番組とか、テレビ番組に出演している姿を何度も見かけたことがあった。

呆気にとられている私に神谷弁護士の笑顔が向けられる。

「そちらは？」

視線を追うように私を一瞥し、穂高社長は静かに口にした。

「私のだ……妻です」

この人、今『抱き枕』って言おうとした！

というか、結婚してることを告げちゃうの？　てっきり内緒にしていくのかと思っていたのに。

いろんな疑問が渦巻いたまま、とりあえず「ひかりと申します」と頭を下げた。ちらりと見上げると、神谷弁護士は笑顔のまま固まっている。私と視線が交わった次の瞬間、わかりやすく目を丸めた。

「え！　ご結婚されたんですか」

よほど意外だったらしいその反応になぜだかホッとしてしまう。

そうだよね、穂高社長が『結婚しない』と公言していたかは定かじゃないけど、相手が平凡な私ということだけでも驚きに値する。

「所長」

鋼鉄の彼女から『失礼ですよ』と視線で窘《たしな》められ、神谷弁護士はハッとしたように私に目を戻した。

「あ、これは失礼。穂高社長は仕事一筋だと思っていたので。いつの間にこんなに素敵な女性と」

我に返ったように笑顔を取り戻し、甘いマスクの弁護士はにこやかに続ける。

「穂高社長には、私が独立する前からお世話になってるんです」

「世話になってるのはお互い様ですよ」

穂高社長が会話を引き取って続けた。

「妻に同行させたのは紹介するためだけではなく、私の仕事を知ってもらうためでもありますので、どうかお気遣いなく」

「そうですか。では改めて弁護士の神谷伊澄です」

差し出された名刺を受け取る。そこには『神谷総合法律事務所　所長弁護士』との記載があった。続いて傍らに立っていた鋼鉄の彼女も名刺を取り出す。

「秘書の久世《くぜ》です」

相変わらず微笑みひとつ浮かべず、彼女は「どうぞおかけください」とソファを勧めてくれた。会釈をして私が席に着くと穂高社長がテーブルに資料を並べる。

「SY《エスワイ》株式会社の件、簡単な共有になりますが二期連続で赤字を計上することが確定してます。銀行からも融資を受けられず、翌月の給与の支払いすらままならない」

「民事再生もしくは売却して撤退、というところですね。でも買うんでしょう?」

微笑む神谷弁護士に穂高社長が口角を持ち上げた。

「全国五十店舗の飲食店。売り上げは十億です。ただし負債も五億」

「さすが穂高社長。チャレンジャーでいらっしゃる」

「これ以上の負担はさすがに厳しいのでね。法務DDで丸裸にしてください」

「努力しましょう」

「それとCSRの件ですが――」

わからない単語が飛び交う中、せめてもとメモを必死に取った。時間にして三十分ほどだろうか。話を終え、穂高社長がソファを立つ。

「お忙しい中、ご足労いただきありがとうございました」

笑顔の所長弁護士と真面目な表情を崩さない鋼鉄の秘書に見送られ、社長とともにエレベータに乗り込む。エントランスから外に出ると、どこかで待機していたらしい社用車がタイミングよく目の前で停車した。

「おつかれさまです」

社長が開いたドアの奥で深水さんの笑顔が咲く。さきほどの甘いマスクの弁護士先生に比べるとどことなく胡散《うさん》臭い微笑みなのに、不思議と気持ちがほぐれる。

「ひかりさん、神谷所長はいかがでしたか？」

助手席に乗り込むと、後部座席の深水さんが興味深そうに覗き込んできた。

「はい、テレビに出てる人に会うのははじめてだったので、びっくりしました」

「小学生の感想文か」

運転席のうしろから放たれた言葉にかちんとくる。素直に口にした感想をバカにされた。

「深水さん、穂高社長って目が悪いですか？　私のことを美人と言ったのでなにかの間違いじゃないかと」

仕返しのつもりで言うと、深水さんは一瞬きょとんとした顔をしてから表情を崩した。

「社長の視力は野生児並みの二・〇です。ひかりさんはとてもお綺麗ですよ」

思いもよらなかった返答に固まる。

深水さんの隣で彼は肯定するでも否定するでもなく無表情のままタブレット画面に目を落としている。

「ええと」

にこにこしている深水さんから目を逸らし正面に向き直った。静かに走り出した車の中で、人知れず眉をひそめる。

おかしい、この人たち。それとも私のほうがおかしいの？

実家を出るまでは家の手伝いや弟たちの世話で忙しかったからクラスメイト以外の男子と話したことはなかったし、これまでにできた彼氏は純也だけだ。

その純也から、付き合ってしばらくしてからはずっと『かわいくない』と言われ続けてきた。だから男性から見たら私みたいなぼんやりした顔立ちは好みじゃないのだろうなと思っていた。

もしかすると、社長やその秘書といった上流にいる人たちは美人を見慣れすぎて感覚がおかしくなっているのかな。

思い至った考えに、自分でうなずく。

うん、それが一番しっくりくる。

ひとりで納得しているうちに次のアポイントメント先に連れていかれ、この日は結局、夕方まで外出続きだった。

体力には自信がある私もさすがにヘロヘロだ。それなのに社長は帰社したあとも息つく間がない。

「穂高ＣＥＯ、お時間少しよろしいですか」

彼を見つけた社員たちが、次から次へと書類やノートパソコンを持って押し寄せる。

「あちらは営業統括部の冴島《さえじま》部長です」

社長に話しかけた男性を指して、深水さんが小声で言った。男前だけれど厳しそうな雰囲気の三十代前半の男性が、社長に書類を差し出している。

「彼が率いるＰＭＩチームが、買収先企業の問題点を洗い出し解決策を実行して経営管理体制を構築します。同時にその企業を買収して問題ないか価値査定部隊による調査を行うんです。いわゆるデューデリジェンスですね」

ぽかんとしている私に、深水さんはニコリと笑って人差し指を立てた。

「先ほど神谷所長にお会いしましたでしょう。あちらの事務所の再生系案件を取り扱う先生に調査を依頼しているんです」

言われてみれば、社長と神谷所長の会話でそんなような単語が出てきた気がする。今日一日の同行で十数ページを費やしたメモを取り出し、ページをめくる。

「あった。法務DDですね」

「はい。当社はDDとPMIを同時に行えることが強みです。このおかげで買収完了から業績向上に至る過程がスムーズになる」

難しいことはよくわからないけれど、今穂高社長と話している男性がめちゃくちゃ重要なポジションのエリート社員だということはわかった。

通路に立ったまま話し込んでいる彼らを隅っこからそっとうかがう。社長とは違うタイプの美形な営業統括部長は、厳しい顔のまま書類を指さしている。

「SY社の再生には支払予定の取引先をいくつか回る必要があるので、こちらのリストの会社に猶予をもらいに行きます」

「わかった。資金繰りは俺とCFOでなんとかする。全国視察の件はどうなった」

「はい、来月一週間かけて私が直接行きます」

「俺も同行する」

「CEOが自らですか？」

「冴島だけじゃ心もとないからな」

「ありがとうございます」

ずっと表情を引きしめたままだった冴島営業統括部長が薄く笑って一礼した。

踵《きびす》を返す部長の背中を見送ってから、すでに別の社員と話しはじめている社長に目を戻す。

傍から見たら、冴島部長が社長から頼りない、と言われたような会話だったのに、当の部長は『ありがとうございます』と笑って去っていった。

ふむ。もしかすると社長の発言は気心知れた人にしかわからないジョークだったのかもしれない。そして冴島部長にはそれが伝わった。

いつの間にか管理部の島で役職席の男性と話している社長秘書を見やる。

深水さんとの不思議な関係性とはまた別の信頼関係が、穂高社長と冴島部長との間にはあるのかもしれない。

そんなふうなやりとりをほかの社員ともしている彼はとても忙しそうだ。

時計に目をやると、針は午後四時半を指している。

あの人、昼食を食べたあとは一瞬たりとも休憩を取っていない気がする。そもそも昼食中も車内で資料を読んだり深水さんと打ち合わせをしたり、忙しく働いていたのだ。さすがに頭と体を酷使しすぎじゃないだろうか。

雑多なフロアを横切り、今朝案内してもらった給湯室に足を踏み入れる。半畳ほどの狭いスペースでコーヒーを淹れ、トレーにのせて穂高社長のいる場所に戻った。人が途切れるタイミングを見計らい、通路に設置されたカフェテーブルへコーヒーカップを置く。

「社長、おつかれさまです。一息つかれてはいかがでしょうか」

私の存在を忘れていたのか、彼は一瞬だけ驚いたように眉を上げた。すぐに表情を戻して腕時計に目を落とす。

「ああ、そうするか」

素直にコーヒーカップを手に取る姿につい見入ってしまった。

均整の取れた上半身や長い脚にぴたりとフィットする細身のスーツは、私がこれまで目にしてきたものとまったく違い品質のよさが際立っている。きっと最高級ブランドのオーダースーツなのだろう。

上質な服を着こなし、ほんの少し疲れた顔でコーヒーを啜る姿はどこから見ても完璧だった。コーヒーかスーツの広告写真を撮影しているモデルにしか見えない。

彼はコーヒーを一口飲むと、注意深く見ていなければ気づかないくらい小さく息をついた。

「大変そうですね」

「べつに、そうでもない。やるべきことをやってるだけだ。時間があっという間に過ぎる」

「お仕事、好きなんですね」

なにげなく呟いたら、切れ長の目にじっと見つめられた。吸い込まれそうな瞳に心臓が騒いで、慌てて視線を逸らす。

「仕事の時間なんて早く過ぎてほしいじゃないですか。あっという間だなんて、よっぽど熱中してるんだなって。私があっという間に感じるのは料理をしてるときくらいだから……」

私は料理が好きだ。食べた人の喜ぶ顔を想像しながら作る時間はすごく楽しい。

実家で大量の食事を用意していたときも、カナリヤ亭でアルバイトをしていたときも、時間との勝負で大変だったけれどまったく苦じゃなかった。

料理は愛情だなとつくづく思う。彼氏彼女の愛情だけじゃなくて親子愛とか友愛とか、カナリヤ亭のお客さんや見ず知らずの人にだって、喜んでもらいたいと純粋に思えるから包丁を握れたのだ。

カフェテーブルを挟んで穂高社長と並びながら四十人弱の社員たちが働いている活気のあるフロアを眺める。

こんな立派な会社の社長で大きな邸宅で暮らし、なに不自由なく生きているのだろうと思っていたけれど、それはこの人が積み上げてきた努力の賜物《たまもの》なのだ。文字通り、寝る間も惜しんで働いてきたのだろう。

設立から数年で会社を一部上場に押し上げ、グループ会社を二十以上に増やす手腕。普通に考えたら、たんに『仕事が好き』程度の気持ちではなし得ない成果を出しているのだから。

ふと、傍らで低い声が落ちる。

「この世の中は、平等じゃない」

目を向けると、彼もフロアを見渡していた。

「巨大な力を持つ人間が自分たちの都合のいいように世界を回している。力を持たない弱い者は、手を取り合って大波にのみ込まれないように、沈まないように、もがくしかない」

まるで自分に言い聞かせるようにまっすぐな目線だった。横から見上げているだけでも、その瞳の強さに引き込まれそうになる。

感じられるのは強い信念だ。

ホダカ・ホールディングスは中小規模の食品メーカーを次々に買収している。そうして弱みを補い合い、強みを伸ばし、グループ全体での成長を目指している。

「それが、俺のやり方だったはずなんだがな」

呟いて、彼は私に目を落とした。

「ホテルでは悪かった。さすがに強引すぎた」

目を丸める私からそっと視線を外し、彼は続ける。

「おまえの毅然《きぜん》とした態度で、少し目が覚めた」

その言葉で思い出されるのは、スイートルームのソファから勢いよく立った自分だ。

――この話、お断りします！

「日々に忙殺されてるうちに、己の立場を見失いかけていた」

そう言うと、穂高社長はほんの少し寂し気に私を見下ろした。

「俺は特別な人間じゃない。おまえよりずっと弱い」

「え……」

言い残して社長室に向かっていく彼のあとを追おうとしたところで、フロアにチャイムが鳴り響いた。

「ひかりさん。本日の業務は以上です。ご自宅までお送りしましょう」

背後から声をかけられて振り向くと、深水さんが私を見下ろしている。腕時計に目を落とすと午後五時を指しているところだった。定時なのか、ちらほらと帰り支度をしている社員が目に入る。

「でも社長がまだ」

「先に帰宅するようにと」

先回りして言われて、口をつぐんだ。

「わかりました。でもひとりで帰れるので送迎はいりません」

「初日だけですので遠慮なさらず。お疲れになったでしょう」

ひとりで帰れないとでも思ったのだろうか。腑に落ちないでいると私の顔色を読んだ深水さんがにっこり微笑んで言葉を続けた。

「内密にお話ししたいこともございますので」

今日何度も乗り降りをした社用車の、今度は後部座席に乗り込む。深水さんは私を運転席のうしろに座らせ、自身はその隣に乗り込んだ。

「あの人はこの後まだ予定が入ってるんですか？」

毎日激務のようだから今日も帰りが遅いのだろうな、と思いつつ尋ねる。深水さんは予定表を見るでもなく、私に笑いかけた。

「社長はこのあと取材が二件入っています。そのまま会食に行かれますのでお帰りは深夜を回るかと」

「そうですか」

本当に忙しい人なんだな。

今日一日だけでも普段見られない彼をずいぶん目にすることができた。取引先とはあくまで対等で横柄になることもこびへつらうこともなく、社内では威厳がありつつも社員といい関係性を築いている。

厳しさもあるけど、全体的には慕われているように見えた。それに会社に対して並々ならぬ思い入れがあるようにも感じられた。

深水さんがあれこれ世話を焼きたがる理由が、なんとなくわかった気がする。

仕事に真摯に向き合って、情熱を注いでいる背中。それを見たら、きっと支えたくなる。

「いかがでしたか？　会社での社長の姿は」

「……少なくとも、嫌われてるようには見えませんでした」

ふふっと笑みを深くして深水さんは会社案内のパンフレットを取り出した。人材採用や営業取引で使うというそれには、見開きページに社長が大きく載っている。会社案内だというのに、掲載されている穂高社長はやっぱり無表情だ。

「笑うのが下手なお方でして」

苦笑しながら深水さんは『沿革』のページを開く。

「こちらはホームページにも記載がありますが、ご覧になりましたか？」

「はい。一応転職活動で御社を志望していたので」

「そうですか」と笑う深水さんが長い指で示す箇所を見る。そこには穂高社長の今日に至るまでの歴史が綴《つづ》られている。

日本最高峰の帝《みかど》大学を卒業後、世界的な名門投資銀行に就職。二十五歳で渡米し、アメリカの大学でMBAを取得したのが二十七歳のとき。そのまま帰国してホダカ・ホールディングスを設立。

「私と同じ人間とは思えないほど立派な経歴です」

「ふふ。私がお伝えするのは、こちらに書かれている以前の社長の身の上です」

にっこり笑う社長秘書に、「はあ」と曖昧な返事をする。

「こんなに華々しい経歴ってことは、由緒正しいお家柄だったり資産家だったり、教育環境に恵まれたお家《うち》で優雅に育ったんでしょう?」

私とはきっと生まれたときから世界が違う。堂々としていて気品のある佇まいを思い出しながら口にすると、深水さんはいたずらっぽく微笑んだ。

「半分は正解ですが、半分は不正解です」

走り出した車の振動が、彼の笑顔を揺らす。

「これからお話しする内容は、社長が誰にも話していない過去の話になります」

常に微笑みを絶やさない秘書の顔から、ふいに笑みが消えた。対向車のヘッドライトに照らされた顔に浮かぶのは、見たことのない真剣な表情だ。

「どうして、それを私に」

引きしまっていた口もとがかすかに弧を描く。

「社長の奥様であるあなたにならと、話してよいと思ったのです。社長が心を開ける人間はそうはおりませんので」

「心は開いてないと思いますけど……」

妻といってもお互いの利害関係が一致して婚姻届を出しただけの契約妻なのだ。な

により あの人、人のことを抱き枕呼ばわりしているし。

そう言っても深水さんは小さく微笑んだだけだった。そして再び笑みを消す。

急に漂い始めた緊張感に、自然と背筋が伸びた。

「穂高壱弥の父親は官僚出身の政治家です。ご存じでしょうか。連民党の代表を務めた御園健治《みそのけんじ》という御人を」

想像以上のビッグネームに目を丸める。政治にはまったく詳しくないけれど、挙げられた名前は聞いたことがあった。記者会見でたくさんのマイクに向かって話している姿を思い出すこともできる。

「も、ものすごく大物では」

「はい。御園家は代々政治家を輩出していて、御園健治の長男の徹《とおる》は現在公設秘書をしています。徹は壱弥の異母兄です」

「え……」

「壱弥は父親の健治が使用人に産ませた非嫡出子です。母親のエミリさんはイギリス人のハーフでとても美しい人でしたが身寄りがなく、壱弥を産んだあとも彼を育てながら御園邸に住み込みで働いていました。『穂高』はエミリさんの――母親の姓です」

「ちょっと待ってください」

ストップをかけるように右の手のひらを突き出した。与えられた情報を頭の中で整理しながら、笑みが消えたままの社長秘書を見る。

「それって、本妻がいるのに愛人を家に住まわせてたってことですか？　その子どもと一緒に……？」

「ええ、そうですね。本妻の女性は大変プライドの高い方で、自分を裏切った夫にあてつけるようにエミリさんを自分のそばに置いたのです。古い使用人専用の離れに住まわせ、ただ働き同然に酷使し、身の回りの世話をさせました。彼女が体を壊すまで」

息継ぎをするように言葉を切り、深水さんはまたなめらかに話しだす。

その内容はまるで見てきたかのように詳細で、穂高社長の幼少時代が鮮やかに頭に浮かび上がる。

結局、彼が六歳のときに母子は御園邸を追い出され、ろくな支援も受けられないまま安アパートで極貧暮らしを始めた。

そして壱弥が十四歳のとき、とうとうエミリさんが病に倒れた。

彼はそのときにはじめて父親を頼って御園家を訪れたものの、父親の御園健治は実の息子を追い返し、手を差し伸べてくれなかった。

想像もしなかった話の展開に絶句する。固まっている私に寂しげな微笑を見せ、深水さんは続ける。

「その四年後、エミリさんは息を引き取りました。雪の降る寒い日で、壱弥の大学合格発表の日でした。御園健治はエミリさんの葬儀にすら来ませんでした」

言葉が見つからない。黙っている私にうなずきかけるようにして、深水さんは淡々と言葉を紡ぐ。

「壱弥は民間の給付型奨学金制度を利用して大学の寮に入りました。テレビで父親の姿を見るたびに胸の内に怒りを滾《たぎ》らせ、それをエネルギーにするように起業したのです」

――この世の中は、平等じゃない。

ホダカ・ホールディングスの通路からフロアを見渡していた彼を思い出す。寂しそうな顔で私を見下ろしたあの人は、自分を弱いと言った。

――力を持たない弱い者は、手を取り合って大波にのみ込まれないように、沈まないように、もがくしかない。

自身が設立した会社の隅っこで人知れずこぼれ落ちたあの言葉は、自分自身のことだったのだろうか。

パンフレットに載った華々しい経歴からは想像もできないような壮絶な過去が、あの人に人形じみた無感情の顔を貼りつけてしまったのかもしれない。

他人に弱みを握られないように、心を悟られないように生活することが、彼の生き抜く術だった。胸の内には熱いものを滾らせているのに。

「そう、だったんですか」

声がしぼむ。なにを言えばいいのだろう。今どんなに言葉を尽くしても、すべてが陳腐な響きになりそうだった。住む世界が違うと端《はな》から決めつけていた自分が、ただただ恥ずかしくてたまらない。

夫の人となりが知りたい。

そう望んで知り得たのは、光の中に立っているように見えた彼の、足元に映る影。

「幻滅しましたか？」

いつもより固い声音で、深水さんは続ける。

「穂高壱弥の出自は、お世辞にも華麗とは言えません」

彼の眼鏡に外灯が反射して流れていく。その奥の瞳は優しいけれど、悲しげに揺れている。

「そうですね……想像していた生い立ちとはずいぶん違いました」

一息で言って、シートに背中を預けた。知らない間に強張っていた肩から力を抜く。

「でも、安心しました」

きょとんとする社長秘書を、そっと見上げる。

「ちゃんと、生きてきた人なんですね」

「どういう意味でしょうか……？」

訝《いぶか》しげに眉根を寄せる彼に、私は微笑みかける。

「若くして会社を成功させた起業家で、あんな整った外見をしていて、おまけにいつも無表情だから、あの人自身になんだか現実味がなかったというか」

すべてを持っていた穂高壱弥は、おとぎ話の世界からそのまま飛び出してきたみたいで、作り物のようだった。

「私と同じ、ちゃんと血が通った人間だったんだなって」

穂高壱弥が輝かしいばかりの人だったら、私はきっと一緒にいるうちに疲れてしまうに違いない。

少しの陰りも許さず常に眩しく輝く太陽よりも、優しく影を抱き日常とともに満ち欠けを繰り返す月のほうが、私は心が安らぐ。

「うまくやれそうな気がしてきました」

あの人はいつでも離婚していいと言っていたけれど、夫婦になる努力をしてからでも遅くはない。紙切れでつながった契約婚といえども、婚姻関係を結んだからにはもう私たちは他人ではないのだから。

「そうですか」

ずっと真顔だった深水さんの顔に優しい笑みが戻る。そんな彼を見てはたと疑問に思った。

「それにしても、深水さんはずいぶん彼のことに詳しいんですね」

そういえば話している最中、穂高壱弥のことを呼び捨てにしていた気がする。

深水さんのほうが彼より二歳年上らしいから当然と言えば当然だけれど、会社での立場からすると違和感があった。

「ええ。アパートの隣の部屋に住んでいたんです」

さらりと衝撃発言をされて、「えっ」と声が漏れた。

「アパートって、彼が極貧生活をしていたときの？」

「はい。うちも母子家庭だったんですが私の母親は男性の家に転がり込んでなかなか帰ってこなかったので、エミリさんにはとてもお世話になりました」

言葉を失った。深水さんも穂高壱弥と同じく上流階級の家庭で育った雰囲気が漂っているけれど、実際の生い立ちは複雑そうだ。そんな事情をおくびにも出さず、深水さんは微笑む。

「私は二歳年上で当時八歳でしたが、壱弥とは毎日一緒に過ごしていました。それこそ兄弟のように」

社内でおそらく踏み込んではいけない領域とされている自身の素性を、深水さんはためらうことなく打ち明ける。

「そんなプライベートなこと、私に話してよかったんですか?」

おそるおそる口にすると、彼は一瞬まばたきをしてから表情を崩した。

「もちろん。あなたは穂高社長の奥様ですから。それに、私との関係は話しておくようにと言い置かれていますので」

「深水さんは……あの人のことを、とても信頼しているんですね」

「ええ」

笑みを深くして、彼は答える。

「大事な弟のような存在です」

「……だいぶひどい扱いを受けてるみたいですけど」

私の言葉に、眼鏡の奥の目を緩ませてうれしそうな顔で笑った。

「あの方は、相手に心を開けば開くほど素直じゃなくなるのです」

その夜、ひとりで食事を済ませ、サウナが備えつけられた貸切風呂みたいなお風呂にゆっくり浸かりベッドに横になっても、なかなか寝付くことができなかった。

脳裏を駆け巡るのは、穂高壱弥の姿だ。

会社で忙しく立ち回っている背中、社員とやりとりしているときの真剣な表情、それから苦労を重ねた幼い日々。

どこにも隙のない完璧な彼が、成功の陰にどれほどの努力と情熱を捧《ささ》げてきたのか、今なら想像に難くない。

絵本から飛び出してきたおとぎ話の王子さまの印象は崩れ去り、かわりに映ったのは騎士の姿だ。馬上で鎧《よろい》をまとい剣を振りかざし敵陣を突っ切って道を切り拓く高潔の士。

瞼《まぶた》に次々にイメージが浮かんで一向に睡魔がやってこない。そうこうしているうちに階下で音がした。彼が帰宅したのだ。

シャワーを浴びてドライヤーをかけている音が遠くから聞こえてくると、心臓が急に騒ぎはじめた。

やだ、なんで今さら緊張なんて。

ただ一緒のベッドで寝るだけ、と改めて自分に言い聞かせる。慣れたはずなのに今日はやたらと胸が高鳴る。

階段を上ってくる音が聞こえる。彼の気配が近付いてくるにつれて、胸の鼓動が大きくなる。

ダメだ、どんな顔して会えばいいかわからない。

ドアが開き、間接照明だけの薄暗い部屋に彼が入ってくる。私はとっさに目を閉じた。

寝たふりをしている私に気づかず、彼はいつものようにそっとベッドに上がってくる。

ぎしりとスプリングが鳴ると、胸の高鳴りも最高潮に達した。

するりと腰に手が回され、温かな体温が近付く。心地よい香りに包まれて数十秒後、私を抱きしめていた体が脱力した。

眠りに落ちた彼をそっと見る。

すうすうと寝息を立てている端正な顔。白いすべらかな肌に触れたい衝動を抑えながら思う。

毎日重要な会議を重ね、膨大な資料に目を通し、あらゆる決断を瞬時に行うこの人の脳は、起きている間猛烈な勢いで稼働している。

安らげるひとときなんて、きっとなかったんだろうな。

完全に力が抜け、私の腰に回っていた手がシーツに落ちる。規則正しく呼吸する彼をしばらく見つめたあと、広い背中にそっと腕を回した。

極上CEO、出会いと策略の成果

もともと睡眠時間は短いタイプだった。寝ている暇があったらそのぶんの時間を有効に使いたい。そう思って高校・大学時代はアルバイトや勉学に励み、社会に出てからはのめり込むように働いた。

三時間以上眠れなくなったのは、起業してからだろうか。

「どうか休んでください。体を壊してしまいます」

深水が口を酸っぱくして言うようになったのは会社を設立して三年が経ったくらいからだ。睡眠の質を高める食品や医薬品、よいと言われるハーブティーなどをせっせと運んできたが、どれもこれも俺には効果がなかった。

そんな中、電車で彼女に会った。

自分でも気づかないうちに眠りに落ち、目が覚めたとき、彼女の明るい顔が視界に飛び込んできた。

なにが起きたのか理解できないでいるうちに、彼女は遠慮がちな笑みを残して電車を降りていった。かすかに残っていたのは、脳幹を直接刺激するような甘い匂い。

彼女が去ったあとに落ちていた紙片を拾い上げると求職者情報が記載されていた。

「遊佐ひかり……」

なにを試してもダメだった俺を、眠りに落とした女。

純粋に興味を惹かれた。

それは深水も同じだったようで、渡した求職カードをもとに早々に彼女の存在を割り出し、勝手に身辺調査を行った。そればかりか、面接の段取りをつけ直接会う機会までつくってきた。

仕方なく調査資料に目を通してわかったのは、実家に仕送りをするために懸命に働いていることと、浮気者の恋人にいいように使われ、裏切りには気づいていないらしいということ。

「……健気だな」

「はい。純粋で頑張り屋で周囲の信頼も厚い、とても素敵な女性です！」

見てきたように言い、深水は眼鏡を光らせた。

「人が好すぎるきらいがあるので、そこに訴えかければよろしいかと」

「……おまえ、結構ひどいやつだよな」

「ふふ。狡猾《こうかつ》と言ってください」

「それって褒め言葉か？」

得意げな秘書に呆れつつ、調査資料に添付された彼女の写真に目を落とす。

まあ、見た目も控えめな美人で好みのタイプではある。

だが、ベッドに招くとなると簡単には判断できない。生活している中で一番無防備な瞬間を晒《さら》すのだ。

「人が好いってのは押しに弱いってことだろ。そんなやつ、信用できるか？」

「調査資料上、問題はありません。彼女は唯一無二の存在ですよ。この方を逃したら、社長は一生寝不足で早死確定です」

鼻持ちならない言い方だが、彼女に興味があるのはたしかだ。

気が弱いタイプなら言いくるめられるし、金に困っているなら毎月契約金を払えば飛びつくに違いない。

そう思っていたら、彼女はまっすぐ俺を睨みつけて言ったのだ。

「この話、お断りします！」

ぴしゃりと言われ、頬を張られた気分だった。

一方的にベッドを共にすることを強要されたら、相手はどう考えるか。本来大切なその視点が抜けていた。

俺はどこまで尊大なのだろうか。彼女が出ていったドアを見つめてから、こめかみを押さえてうなだれた。

自分の浅薄さに嫌気がさす。やっぱり、睡眠が足りていないのかもしれない。


そして結局、対等な取引として婚姻関係を結び、遊佐ひかりは形式上俺の妻となり自宅に住むことになった。

これまで家に帰ってもなんの感慨も湧かなかった。朝から晩まで息つく間もなく働いて帰宅する頃は心身ともに消耗しているはずなのに、ほっとすることもなければ気持ちが落ち着くということもない。

この家は、生前母親が暮らしたがっていた理想の家だ。

必死に研鑽《けんさん》して社会的に成功し、ようやく欲しかった家を手に入れても、ここに住まわせたかった人間はとっくにこの世にいない。ただ冷えきったただっ広い空間が広がっているだけ。

彼女がここに住むようになってからも、無感情なまま帰宅した。深夜の帰宅でいつものように暗い静寂に迎えられると思ったら、至る所に甘い残り香があった。

ただの冷えた空間だった自宅に、ひかりが灯っている。

――あなたのことを知りたい。

契約結婚をして一週間経った朝のことだった。曇りのない目で見つめられ、一瞬息ができなくなった。

自宅と同じように冷えた心に、なにか温かなものが灯ったような気がした。

これまでの俺は、ひとりですべてが完結していた。

仕事も私生活も、秘書の介入はあれど己の心身についてはすべて自分に決定権があり、誰にも頼ることなくひとりで生きることができていた。

ハイブランドの衣類に時計。ビジネス上、己の価値を高めるための贅沢品を体にまといながら、陰鬱な心は常にひっそりと息づいている。

肉体と精神がバラバラなそんな状態でも、困ったことなどなかった。

それなのに、彼女は俺のすべてを照らそうとする。

調査資料を読む限り学歴に突出したものはないが、地頭がいいのだろう。相対していると、心の機微を的確にとらえる術に長《た》けていることがよくわかる。

明るくて、まっすぐで、俺という人間には存在しない構成要素で成り立っている。

彼女と話せば気持ちが華やぐし、一緒に寝ると体の底から癒される。

遊佐ひかり――彼女はたしかに、唯一無二の存在なのかもしれない。

抱き枕、指輪は婚前契約の後に

土曜日の午後一時。掛け布団を薄手の羽毛布団に変え、黒で統一された無人の寝具を眺める。毎日同じように添い寝してくる姿を思いながら、ため息が落ちた。

入籍してから一カ月が経つけれど、彼は当然のように手を出してこない。

あたり前だ。だって私たちは対等な取引をした契約上の夫婦で、私が求められたのはベッドを共にすることだけ。

たしかに『手を出さない』とはっきり言われていたけれど、まさか本当に一緒に寝るだけとは……。

ほっとする半面、なんともいえない気持ちになる。寂しいような、がっかりするような。

「私、女として魅力ないのかな」

ぽつりと本音がこぼれて、慌てて周囲を見回す。誰もいないことを確認してほっと息をついた。

なにを考えてるんだろう。これじゃまるで手を出されたいみたい。

思考を振り払うように首を振ったとき、ポケットのスマホが音を立てて飛び上がった。見るとメッセージを受信している。

【大丈夫？　元気にしてる？】

バンダナを巻いた快活な笑顔が思い出されて、ハッとした。

一階に下りると穂高壱弥がリビングのソファに腰かけてビジネス雑誌を広げていた。今日はめずらしく仕事をしないらしい。

睡眠時間が延びたとはいえワーカホリックなことに変わりはなく、彼は土日でもよく出社したり在宅ワークをしたりと働いていることが多い。

「ひかり」

私に気づいた彼が顔を上げる。

「今晩、食事にでも行かないか」

「え」

そんな誘いははじめてだった。忙しい彼とは普段食卓を囲むことすらほとんどない。

「いいですね」

平日、仕事の合間に昼食を一緒に取ったことはあるけれど、ふたりでゆっくり外食をしたことはないから想像しただけで胸が沸き立つ。

「あー、ただ……」

手に持ったスマホに目を落とすと、彼が「どうした」と不思議そうに目を細める。

「カナリヤ亭に……お世話になった人たちに、まだ事情を説明できてなくて。今日お店が開く前に顔を出そうかと思ってたんです」

そもそも私は実家の面々にも今の状況を説明できずにいた。母親には電話で簡単に結婚報告をしたけれど、結婚相手や経緯についてはどう伝えればいいのかわからず、詳細な話は後回しにしてしまったのだ。

そっちにも早いところ説明しに行かないとな。まあ、一カ月経ってもうまく説明できる自信はないけれど。

「そうか」

関心のなさそうな無表情を見つめ返して「あっ」と思い立つ。

「そうだ、一緒に食べに行きます？　カナリヤ亭。庶民の味で穂高さんのお口には合わないかもしれませんけど」

私の言葉で美しい眉間にしわが寄る。慌てて「なーんて」と付け足しジョークにしようとすると、彼は不満げに口を開いた。

「違和感がある」

「『穂高さん』て、おまえも穂高だろう。名前で呼べ」

「え」

まっすぐな目に、戸惑う。

「そう言われても」

改まって名前を呼ぶのは気恥ずかしい。

まごついている私を逃がす気はなさそうに、彼はじっと見つめてくる。突き刺すような視線に居たたまれず、目を逸らしながら口を開いた。

「い、壱弥さん？」

沈黙が流れて顔を戻すと、穂高壱弥は眉間にしわを寄せてこちらを見ている。

「えーと……壱弥？」

さん付けが気に食わないのかと、思いきって呼び捨てにしても難しい顔のままだ。

「……壱弥さま？」

まさかと思いながら口にした途端、形のいい唇がニヤッと弧を描いた。

「せっかくだが、今日はやめておく。久しぶりなんだろう。ゆっくり話してくるといい」

そう言うと、彼はソファを立った。

「出かけてくる」

短く言い残し、リビングをあとにする。その背中を見送りながら、頬が熱をもっているることに気づいた。心臓が慌ただしく鳴り響き、胸を押さえる。

「卑怯《ひきょう》だ……」

普段表情が乏しいから、ほんの少し感情が見えただけで動揺してしまう。

胸の高鳴りを落ち着けるように深く息を吐き、出かける支度をするために自室に戻った。

カランコロンと小気味いい音を立てたドアベルに懐かしさを感じる。一カ月ぶりだから当然だけど、カナリヤ亭は相変わらずだった。

「あ、ひかりちゃん！」

趣のある木製のドアを開けた瞬間、出迎えてくれたのは快活な声だ。

午後四時。オープン前のカナリヤ亭は仕込みの真っ最中だった。いつものようにバンダナを巻いた夫婦が広いカウンターに食材を並べて下ごしらえをしている。木材を再利用した木製カウンターに、温もりのある大正ガラス。見慣れた光景に、ほっと気持ちが緩んだ。

「ちょっと、今までどうしてたの？　元気なの？　ちゃんと食べてるの？」

駆け寄ってきて矢継ぎ早に質問するリサさんについ苦笑する。

「すみません、連絡もせず。この通り、ピンピンしてます」

ここのところの規則正しい生活と栄養のある食事でむしろ顔色がよくなった私を見て、彼女は吐息を漏らした。

「そう、ならいいんだけど。心配したのよ。純也くんが来て、ひかりがいなくなったって言うから」

「え……？」

思い浮かんだ元カレの顔に心臓が速くなる。浮気をして強引に私を追い出したのに『いなくなった』ってどういうこと？

「喧嘩《けんか》でもしたの？」

心配そうに私を見上げるリサさんはおそらく事情を知らない。キッチンから視線を送ってくる修造さんも同じだろう。

「純也は、なんて言ってましたか？」

「ひかりちゃんが突然いなくなったって」

ギュッと拳を握りしめた。当然だけど、純也が詳細を説明しているはずがない。

でも、と思う。ふたりに真実を告げる必要はないかもしれない。私が理由もなく突然出ていったと思われるのは癪《しゃく》だけど、これは私と純也の問題だし、忙しい店主夫妻に余計な心配をかけたくない。

「ちょっと事情があって、引っ越すことにしたんです。あ、これよかったら」

ふたりの好きな『もみじや』のモナカを手渡すと、リサさんは袋を見下ろしてから気が抜けたように微笑んだ。

「まあ元気ならいいんだけど。今はどこに住んでるの」

穂高邸のある住宅地の地名を告げると、涼しげな目がきょとんとまたたく。

「高級住宅地じゃない。どうしてまたそんなところに。そういえば就職決まったの？」

「リサ、さっきから質問ばっかじゃねえか。ちょっと落ち着けよ」

カウンターから飛んできた太い声に、リサさんがペロっと舌を出す。

「あ、ごめんつい。とりあえず座って」

促されるまま店の奥のカウンター席に着いた。隅っこには古紙回収に出すための雑誌や新聞が積まれている。そこに広がるのは、いつものオープン前の景色だった。

たった一カ月顔を出さなかっただけなのになんだか懐かしくて、しげしげと店内を眺めてしまう。

「やっぱりほっとするなあ」

人工的な鉄などの素材とは異なり、古木はところどころ歪んでいて、それが自然の温かみを孕《はら》んでいる。その真ん中で忙しそうに立ち働いている人の好い店主と奥さん。穂高邸とは真逆の空間だ。無機質な大理石の家を思い浮かべながら、でも、と内心で呟く。

不思議だけど、あの家も居心地は悪くないんだよなあ。

やたらと大きくて人の息遣いが感じられない一見冷たい屋敷なのに、なぜか落ち着くのだ。その理由に、私は最近気づきはじめている。

仕込みの続きに戻ったリサさんと黙々と作業を進める修造さんに目を戻す。

自分でも驚くような環境の変化なのだから、ふたりにもすぐには理解してもらえないかもしれないけれど、きちんと伝えようと思った。

なにより、私は彼と結婚したことを後悔していない。

「リサさん、修造さん」

呼びかけると、ふたりが顔を上げた。

「すみません。作業しながらでいいので聞いてください」

不思議そうに目をまたたく彼らに、思いきって口を開く。

「実は私――」

そのとき、ドアベルがカランコロンと音を鳴らした。

「こんちはー」

聞き覚えのある声が店内に響いて、パーカーのフードをかぶったラフな格好の男が入ってくる。開店前にもかかわらず慣れたように入口付近のカウンター席に腰を下ろすとニカッと白い歯を見せた。

「さーせん、今日もなんか飯食わせてくれない？」

「純也……」

思わず声が漏れてしまった。

「あ？」と私のいる奥の席を見た純也が、目を丸める。

「え、ひかり？」

次の瞬間、椅子を倒す勢いで立ち上がった。

「おまえ、探したんだぞ！」

大きな声に体が強張った。キッチン内の店主夫妻が驚いた顔で私たちを交互に見る。

「ちょ、純也くん、落ち着いて」

リサさんの声を無視し、純也は私のほうへ近付いてくる。

「電話もメッセージも無視するってどういうことだよ！」

強い口調に呆気にとられた。

私を追い出したのは純也のほうだ。未練なんてなかったけれど、すっぱり忘れるつもりでメッセージアプリから純也を削除したから、電話もメッセージもつながるはずがない。

「ひどいのはそっちでしょう。自分がなにをしたか忘れたの？」

さすがに言い返すと、純也の怒りに満ちた目が揺らいだ。一瞬の沈黙のあと、いきなり両手を合わせて頭を下げる。

「ごめん！　悪かった」

フードに隠れた顔は見えづらいけれど、ぎゅっと目をつぶっている。

「やっぱり俺にはひかりだけだよ。だから帰ってきてくれよ」

「……どういうこと？　彼女は？」

「別れたよ！　あいつ一緒に住んでみたらなんもできないし。部屋がゴミ溜めになって片付けんの大変なんだよ」

「知らないよそんなの。とにかく無理だから」

「なんで！　ほんと悪かったって。俺、ひかりのおかげで安心して生活できてたって気づいたんだ。な、頼むから」

土下座でもする勢いで謝られて言葉を失う。心配そうにこちらを見ているリサさんが今にも「まあまあ」と取りなしそうな雰囲気だ。こんなふうに謝られたら、私が許さないといけないような空気になる。

「なあ、ひかり頼む。この通りだ」

頭を下げ続ける純也に通路を塞がれ、外に出ることもできない。完全に逃げ場を失い、立ち尽くした。

結婚したことを話せば引き下がるだろうか。

そう考えて内心で首を振る。純也と別れて一カ月で結婚したなんて、誰が信じるだろう。しかもお相手は外見も社会的地位も完璧な極上の男性だ。余計に嘘っぽい。

契約結婚と言えば納得してもらえるだろうけど、そんなことは言えるはずがないし、そもそもカナリヤ亭のふたりが心配する。

私を娘のようにかわいがってくれている彼らだから、出会ってすぐ結婚したなんて相手の男に騙《だま》されてるんじゃないか、と疑うに決まっている。だからこそ、順序立ててきちんと説明しようと思っていたのに。

「な、ひかり。俺が心を許せるのはおまえだけなんだ。だからアパートに帰ろう」

哀願するように私を見上げ、手を伸ばしてくる。好きで付き合っていたはずなのに、ぞっとした。背筋が粟立《あわだ》って動けない。

「無理だってば」

どうにか絞り出した声も純也にはまったく届かない。

「いいから、とりあえず帰ろう。話はアパートで聞くから。ここじゃふたりの邪魔になるだろ」

腕を掴まれ、引っ張られたときだった。

「そうやって、心を許せる彼女を家に縛りつけて、外では別の女に刺激を求めるんだろう?」

「え……」

純也の後方に背の高い男性が立っていた。ジャケットスタイルの身なりのいいその人を見て、息をのむ。

「壱弥さん? どうして……」

私に向けた視線をぽかんとしている修造さんたちに移すと、彼は小さく頭を下げてドアを示した。

「失礼。開いていたので勝手にお邪魔しました」

「え、はあ」

「は？　なにおっさん」

振り返った純也が怪訝そうに眉根を寄せる。壱弥さんは美しい顔に無表情を貼りつけたまま口にした。

「ここで話したくないのは、こちらのおふたりに聞かせたくないからか？」

「な、なにを言って」

「結婚もせず、『おまえだけ』なんて言葉で縛りつけて自分は外で好き放題か。いや、妻だからといって許されることじゃないが、結婚して責任を負う覚悟すらないんじゃ救いようがない」

呆れたように息をつく壱弥さんに、純也が声を荒らげる。

「本当、なんなんだよおっさん。いきなり現れて勝手なこと言って。あんたには関係ないだろ！」

「それが関係大ありなんだ」

言いながら純也の横をすり抜けて私のもとにたどり着く。目いっぱい睨み上げてくる元カレの視線をまるで意に介さず、彼はするりと私の腰に手を回した。

「ひかりは俺の妻なんでね。悪いがあきらめてくれ」

「は……妻？」

話をのみ込めないのか、純也がぽかんと口を開ける。同じように言葉を失っている店主夫妻に向き直り、壱弥さんは続けた。

「妻がこちらでお世話になったと聞いたので、本日はご挨拶に伺ったんです」

なめらかに言いながら、口もとは必死に弧を描こうとしていて、思わず胸を衝かれた。この人は笑うのが苦手なのに、懸命に笑みを浮かべようとしているのだ……私のために。

彼が用意してきた手土産を「はあ」と戸惑いながら受け取り、修造さんが困った顔で私を見る。

「ひかりちゃん、いったいこれは……」

「驚かせてすみません。実はいろいろあって、結婚しました」

自分でも驚くほどはっきりと口にすることができた。隣に彼がいるからだろうか、さっきまでと打って変わって気持ちが落ち着いている。

「ちょ、待って。頭が追いつかない」

声をあげたのはリサさんだ。バンダナに覆われたこめかみを指先で押さえてから放心状態の純也を見やる。

「純也くんのことはまあ、置いておいて」

ふうっと息をついて私の隣に視線を移した。

「あなた、何者なの？　急に現れてひかりちゃんの夫って言われてもね。まさか、いたいけなひかりちゃんを騙してよからぬことを企んでるんじゃ」

「リサさん、違うんです」

険しい目を壱弥さんに向ける彼女に、慌てて声をかけた。

危惧した通り、リサさんは疑念を抱いている。やっぱり、最初からきちんと話さないとダメだ。説明したところで理解してもらえるかは難しいけれど。

「これは、私が自分で決めたことで」

「おいリサ、これ見てみろ！　この人！」

私の声を遮って、修造さんが手にした雑誌のページを指さす。

「どっかで見たことあるなと思ったら、このインタビュー記事の」

「え、なに？　えーと、ホダカ・ホールディングスの代表取締役社長兼CEO……!?」

店の奥に積まれていたビジネス雑誌の写真と壱弥さんを見比べて唖然《あぜん》とする彼らに、本人は内ポケットから名刺を取り出してカウンター越しに差し出した。

「申し遅れました。穂高壱弥と申します」

受け取ったリサさんが、今度は名刺とインタビュー記事を見比べる。まるで誤植でも探しているように目を皿にしている彼女と、なにかを悟ったような顔で成り行きを見ている修造さんに向かって、彼は思いがけないことを口にした。

「電車の中でひかりさんに心を奪われたことがきっかけで、だいぶ強引に求婚しました。出会ってからの期間は浅いですが、それ以上にひかりさんと一緒になりたい気持ちが強かったので」

ぽかんとする私を見下ろし、淀《よど》みのない口調で続ける。

「彼女はとても家族想いで優しくて、なにより一緒にいて癒される。こんなふうに思えた女性ははじめてです」

はっきりと通る声が耳をすり抜けていく。

「佐々木《ささき》純也氏とのことで傷ついているところにつけ込んだようなやり方ですが、この機会を逃したら二度とチャンスはないと思いました。どうあっても手に入れたい。そう思うくらい、ひかりさんは私にとって特別な存在です」

「な――」

信じがたい言葉の羅列に思わず顔を上げた。

「素敵！」

かぶさったのはリサさんの黄色い声だ。

「私もイケメンにそんなふうに求愛されてみたいわあ」

胸の前で両手を組んだリサさんが、お気に入りのアイドルを見るときみたいにうっとりと彼を見つめている。修造さんの呆れたような顔に気づくと小さく咳ばらいをして、さっきまでの態度から一転、歓迎するように笑みを浮かべた。

「お話はわかりました。さっきは失礼な態度をとってごめんなさいね」

彼から私に視線を移し、納得したように何度もうなずく。

「ちゃんとした方みたいだし、なによりひかりちゃんが自分で選んで決めた人なら、きっと大丈夫ね」

思うところがあるのか、カウンター前で固まっている純也をちらりと見てため息をつく。

「純也くん、なにがあったのかは知らないけど、あきらめなさい。どう考えても勝ち目はないわ」

石像よろしく立ち尽くしていた純也がハッと我に返った。真っ白だった顔が徐々に赤らみ、憎々しげに私を睨む。

今にも掴みかかってきそうな表情に思わず身構えた。と、壱弥さんの大きな背中が私を隠すようにさりげなく前に出る。なにげないその仕草に心臓が激しく鼓動する。

そんな私たちを見て、純也は一層顔を歪めた。勢いよく炎を上げていた焚火《たきび》が水をかぶせられて蒸気を発するように「はあっ」と大きな息をつく。

「そんな薄情な女、こっちから願い下げだ」

肩を怒らせ店の入口ドアを抜けていく。ドスドスと足音を立てて出ていくその子供じみた背中に、リサさんがため息を漏らした。

「純也くんのことは私たちがなんとかするから安心して。あの子との付き合いはひかりちゃん以上に長いから。ガツンとお説教しておくわ」

いたずらっぽくウインクすると、彼女は改めて目を優しげに細めた。

「ひかりちゃん、運命的な出会いをしたのね。おめでとう」

「リサさん……」

優しい声に気持ちがほぐれ、思わず涙が出そうになる。

自分で決めた結婚だし後悔もしていないけれど、やっぱり親しい人からの祝福は格別だ。多少なりとも残っていた不安がまるごと払拭されたような、背中を押されたみたいな安心感でいっぱいになる。

「穂高さん」

それまで黙っていた修造さんが口を開き、私たちは目を向ける。

「ひかりちゃんはとてもまっすぐで働き者で、すごくいい子なんです。この子を悲しませたら、俺たちは絶対に許しません」

普段穏やかな修造さんの強い口調に、穂高壱弥はゆっくりうなずいた。

「肝に銘じます」


お店をあとにして、彼が乗ってきていた車の助手席に乗り込む。所有する三台の車のうち一番コンパクトな左ハンドルのスポーツカーだ。外観も内装も白で統一された車はクラシックでおしゃれだけれど2シーターだから広くはない。

彼が助手席と運転席を遮るように設置されたセンターコンソールのボタンを押すと、閉じられていたルーフが後部に収納されて頭上が開けた。

涼やかな空気が肌に触れ、どこからともなくキンモクセイの香りが漂ってくる。厳しい残暑もようやく落ち着いて、短い秋が駆け抜けていこうとしている。

運転席を見ると、ハンドルを握った壱弥さんはすっかり無表情に戻っていた。

「あの、ありがとうございました」

居住まいを正してぺこりと頭を下げる。

「あのお店は私にとって大切な場所だから、来てくれてうれしかったです」

休日でもお構いなしに働く彼は常に忙しそうだったし、私のプライベートな人間関係には興味がないものだと思っていた。

無言のまま彼がちらりとこちらを見る。すぐ正面に目を戻すと、走行音に紛らせるように低い声を発した。

「すごいよな、そういうところ」

「え？」

「うれしいとか、悔しいとか、そういう感情をおまえは臆することなく表に出す」

心の声が漏れたような呟きに、首をかしげる。

「普通じゃないですか？」

「そうでもないだろ。普通は簡単に気持ちを表出させない。気遣いの場合もあるだろうが大抵は自己保身のためだ。相手の気持ちを害さない言葉を選ぶ体《てい》で自分を守ろうとする。日本人の大好きな本音と建前ってやつだな」

「私は気遣いができていないと……？」

あまり深く考えたことがないけれど、知らずに相手に嫌な思いをさせているのだろ

うか、と思っていると、

「いや、だからおまえの場合は本音を出してるのに人を不快にさせないところがすごい。俺も建前は言わない質だが、結果、人間関係は惨憺《さんたん》たるものだ」

それは無表情が原因では？と内心で思いつつ改めて自分の言動を振り返ってみるけれど、壱弥さんの言わんとしていることが理解できなかった。

「すみません、よくわからないです」

バカでごめんなさい、と謝る私に、彼が吐息を漏らす。

呆れられちゃったかな。

そっと横顔をうかがうと、口もとに小さな笑みが浮かんでいてドキリとした。

片道四車線の大通り。土曜日の人通りが少ないオフィス街を通過しながら心臓が速くなっていく。運転席でゆったりとハンドルを操作する姿がやけに眩しく感じられる。

赤信号で車が静かに停止する。胸の高鳴りを聞かれてしまいそうな気がして、慌てて口を開いた。

「壱弥さんは心にもないことを言えるのがすごいですよね」

切れ長の目がまたチラリとこちらを向く。その視線から逃げるように、私は正面を見据えたまま続けた。

「さっきだって、リサさんたちに私たちの馴れ初めをすらすら話してたし」

電車で会って、結婚話を持ちかけられたことは事実だけれど、それ以外の話は寝耳に水だった。

「心を奪われたとか、求婚したとか、リサさんを納得させるためとはいえ、あんなセリフ、よくあの場で思いつきましたね」

私はド直球で駆け引きができないから、素直に尊敬の念を覚える。数拍の間をおいて、彼がぽつりと言った。

「本当のことだからな」

予想もしなかった返答に一瞬思考が停止する。

「……え、だって」

家族想いで優しいとか、一緒にいて癒されるとか。

先ほどカナリヤ亭で耳にした言葉をひとつずつ口にしていくと、彼はアクセルを踏み込みながら苦々しげに言う。

「おまえ、俺が誰にでも求婚する男だと思ってるだろ」

「いやあ、そんなことは……ちょっとだけ」

口ごもりながらも素直に答えた。

だって、出会ったその日に婚姻届への記入を求められたのだ。たまたま私が条件に一致したというだけでそんなことを言い出すのだから、これまでにも同じようなことはあったのかもしれない。

「あのな」

はあっと大きなため息が聞こえた。見ると彼は嘆かわしそうに長い指で額を押さえている。普段めったに変わらない表情が歪んでいるらしい。次の瞬間、ぎろりと横目で睨まれて首をすくめた。

「俺は、おまえだから結婚しようと思ったんだ」

怒ったように前を向く彼を凝視してしまった。

放たれたセリフは一瞬で秋の空に流れてしまったのに、余韻が胸に刺さってじわじわと熱を広げていく。

……本当に？　少しは私に好意をもってくれてるの？

感情を臆することなく表に出す、と褒められたばかりなのに、今の気持ちはどうしても口に出すことができなかった。

うれしいような、恥ずかしいような、くすぐったいような。

形容しがたい想いが胸いっぱいに広がっていく。

ふと車が停車して顔を上げた。沿道のイチョウ並木が美しく色づいた通り。その下の駐車スペースでエンジンを停止させると、壱弥さんは私にまっすぐ視線を送ってくる。

「ひかり」

真正面から名前を呼ばれ、心臓が大きく跳ねた。

緊張を隠しながら「はい」と答えると、彼は思いがけないことを口にする。

「さっき、カナリヤ亭で男に詰め寄られたとき、なぜ結婚したことを言わなかった？」

「え……」

「既婚者だと言えば、さっさと解決したんじゃないか」

心なし強い口調で問われ、口ごもる。純也を躱《かわ》せずにいた私を助けてくれた彼は、もしかすると店の外で最初からやりとりを聞いていたのかもしれない。

「あの場で言っても信じてもらえないと思ったので。そもそも説明が難しいというか……」

しばらく私を見つめたあと、壱弥さんは大きなため息をついた。

おもむろにポケットから濃紺色の小さな箱を取り出し、私に差し出す。

「開けてみろ」

ブランドのイニシャルらしいアルファベットが刻印された濃紺の蓋を開くと、中には同じ色のドーム型のケースが入っていた。両開きになっているそれを開いた瞬間、細やかな光の粒が目に飛び込んでくる。

両側に開いた蓋はベルベット調になっていてブランドの名前が印字されている。宝飾品に疎い私でも聞いたことのある、海外セレブがよく身に着けている有名ブランドだ。そして真ん中に収まっている指輪はラウンド型の輝かしい宝石を抱いている。

「これって、婚約指輪……？」

「本当は食事でもしながら渡すつもりだったんだが……。俺の配偶者は自分が人妻だという自覚が足りないらしいんでな」

かすかに不貞腐れた顔で言う彼をまじまじと見つめてしまう。それから目線を下げた。

ほんの少し角度をつけただけできらきらと繊細に輝くダイヤモンド。これまで宝石を見る機会なんてなかったし、そもそも誰かに指輪をもらったこともない。いつか結婚するとしても、指輪なんて私には縁がないかもしれないと思っていた。

「おまえは俺の妻になったんだ。これは、その証《あかし》だ」

落ち着いた優しい声音に、甘く切ない感情がまた胸に込み上げる。なぜか涙が出そうだった。

宝飾品に疎いせいか指輪は指に嵌めるリング側が主役なのかと思っていたけれど、婚約指輪のリングは宝石を美しく輝かせるための台座にすぎないのだと改めて思い知った。それくらいダイヤモンドは美しく、吸い込まれそうだ。

「貸してみろ」

ケースからリングを取り上げると、彼は私の左手を取った。腰に手を回されたことはあっても、手で彼の体温を直《じか》に感じるのははじめてだ。長い指がそっと私に触れて、震えそうになる。

私に指輪を嵌めたあと、しばらく薬指の上で七色の光をまき散らす宝石を見つめ、彼はぽつりと言った。

「案外、悪くない」

建前を言わないという彼の、精いっぱいの褒め言葉だろうか。素直に『似合ってる』と口にできる人だったら、円滑に人間関係を築けたに違いない。

秋の風に頬を撫でられながら、私は社長秘書の言葉を思い出す。

――あの方は、相手に心を開けば開くほど素直じゃなくなるのです。

気がつけば、都心のビル群を縫うように傾きかけた太陽の光が注いでいる。再び走り出した車の助手席にもたれ流れる景色を眺めながら、私は胸の高鳴りを抑えることができなかった。

石畳の路地が入り組む和の雰囲気の住宅街。その路地裏にひっそり佇む隠れ家的なレストランで夕食を取り、自宅に到着すると夜の九時を回っていた。

先に入浴を済ませベッドに入ってから今日の出来事を反芻《はんすう》する。

カナリヤ亭に挨拶に行き、元カレに出くわして修羅場と化し、壱弥さんから婚約指輪をもらった。

言葉にすると簡単だけれど、ひとつひとつの内容が濃密で気持ちが追いついていない。今改めて思い返すと、脳裏に蘇《よみがえ》るのは壱弥さんのまっすぐな眼差しばかりだ。

――ひかり。

切れ長の意志の強い瞳。あの目に見つめられると、動けなくなる。

結婚生活をはじめて一カ月。

最初は穂高壱弥という人間がよくわからなくて、変に気を使ったり遠慮したりぎこちない関係が続いていた。だけど今、彼の印象は百八十度変わってしまった。

無表情で冷たい人間なのかと思ったら顔に出ないだけで胸に情熱を秘めているし、

仕事人間で家庭を顧みないタイプなのかと思ったら妻である私の要望を吸い上げて律儀に叶えてくれようとする。

彼のことを知るたびに、穂高壱弥という人間に惹かれていく自分がいる。ふとした瞬間に彼の姿が思い浮かんで、胸を締めつけられる。

ベッドサイドの戸棚に目をやる。インテリアの一部となって密《ひそ》やかに存在感を放つリングケース。

――おまえは俺の妻になったんだ。

壱弥さんの言葉が脳裏をよぎり、心臓がギュッと締まる。

男と女が結婚をして夫婦になる。それは婚姻という契約関係にほかならない。

壱弥さんは良質な睡眠時間を得るため。私はお金のため。

そんなふうに割り切って契約を結んだのに、彼のことを考えるとどうしてこんなに切ない気持ちになるんだろう。

「まだ起きてたのか」

寝室のドアが開かれ、風呂上がりの壱弥さんが姿を現した。

私と色違いのシルクのパジャマに身を包んだ彼は、まっすぐベッドに進んでくる。

いつもより幼く見えるのは、乾ききっていない髪が目にかかっているせいだろうか。

「もう寝るところです」

短く答えながら、バクバク騒ぐ心臓を落ち着けようと胸に手をあてる。

いつも私が先に寝ていたから起きているときに同時にベッドに入るのははじめてだ。寝たふりならしたことがあったけれどそのときとは状況が違う。

ピッと音がして、照明が落ちる。彼がリモコンで操作したらしく、ドア付近のフットライトだけがささやかに室内を浮き上がらせる。

落ち着いた色合いの光に染まった壱弥さんがベッドに上がり、スプリングが軋《きし》んだ。

胸が痛いくらいに跳ねて、布団の端を握りしめる。少しずつ近付いてくる気配に心音が激しくなっていく。

布団が持ち上がり隙間ができた瞬間、伸びてきた手が慣れたようにするりと腰に回った。びくっと体が跳ね、彼がハッとしたように動きを止める。

「……すまん」

離れていこうとする手を慌てて掴んだ。

「すみません、つい緊張しちゃって」

彼と目が合わないように俯いたまま、勢いで言いきる。

「大丈夫なので、いつもと同じようにしてください」

体を縮めて待っていると、しばらくしてため息が聞こえた。顔を上げると、彼と目が合う。

「そんなガチガチになられると、こちらも身構えるというか」

瞬時に顔が熱くなる。なにをひとりで勝手に意識しているのだろう。恥ずかしくてたまらないのに、胸の高鳴りは一向に止《や》んでくれない。

なにも言えずにいると彼が小さく息をついた。

「今日のところは、離れて寝るか」

ふたりが寝転んでも余裕がある広いベッドの端へと寄っていく背中。反射的に手を伸ばした。

置いてきぼりにされそうになった子どもみたいにパジャマの裾を引っ張る私を、彼が振り返る。

「どうした?」

答えられず、沈黙が流れる。

自分でもなにがしたいのかわからなかった。ただ、遠ざかっていく背中がたまらなく切なくて。

「離れるなんて……言わないで」

気づいたらそう口にしていた。

普段表情の乏しい彼の目が、大きく見開く。

壱弥さんの手がゆっくり近付いてくる。私の頬に触れる直前、ぴたりと動きを止めて彼は眉根を寄せた。

「煽《あお》るな。契約外のことをされたいのか」

厳しい口調で言い、また背中を向ける。

「嫌ならさっさと寝ろ」

なおも裾を離さないでいると、彼は呆れた顔で振り返った。

「あのな」

「嫌じゃないです」

「……は？」

言葉を途切れさせた彼をまっすぐ見上げ、もう一度口にする。

「嫌じゃ、ない」

美しい顔に浮かんだ眉間のしわが一層深くなった次の瞬間、頭を引き寄せられた。

唇が重なり、柔らかな感触に脳がしびれる。

ただ触れるだけのキスをしただけで、体が一気に熱くなる。

「ふっ」

勝手に吐息がこぼれ、込み上げてくる制御できない感覚に戸惑った。

壱弥さんが顔を傾け、私の唇を割って入ってくる。舌がこすれた瞬間、強烈な快楽が走り抜けて背筋が震えた。

「やっ」

思わず顔を離したら、獣のような鋭い眼光に射抜かれた。

顎を掴まれ再び唇を塞がれたと思ったら、そのままシーツに押しつけられる。

舌が絡み、壱弥さんの匂いが充満してなにも考えられなくなっていく。

——なにこれ。キスだけなのに、頭がおかしくなりそう。

怖いくらいの快感が押し寄せて、息が上がっていく。

舌を吸われ意識が飛びそうになりながら、思い出したのはいつかの深水さんの言葉だ。

『真逆の遺伝子』

近くで匂いを感じるぶんにはリラックスできるけれど、直に触れると劇薬みたいに情欲が高まって制御できなくなるのだろうか。

唇を離した壱弥さんが、呻くように呟いた。

「……これはまずい。手加減できそうにない」

苦しげに私を見下ろす瞳は赤く潤んでいる。彼にも真逆の遺伝子が作用しているのだろうか。

「無理させるかもしれない」

肩で息をしながら言う彼に両手を伸ばした。

「大丈夫です。私も……熱い」

濃密なキスを繰り返しながら、パジャマのボタンを外され、肌をなぞられる。壱弥さんの匂いを感じながら触れられると、すべての場所が性感帯になったみたいだった。

体をくねらす私を両手で押さえつけ、彼は至るところに唇を這わせていく。

「ひかり、甘い」

そんな言葉さえ脳をしびれさせる。

「や、壱弥さん」

全身が熱くてたまらなかった。

体を貫かれたあとはさらに強い快感が何度も押し寄せた。気を失いそうになりながら、彼の背中にしがみついてどうにか意識を保つ。

強く揺さぶられ、全身が溶けてしまいそう。

行為の直前に感じていた切なさや恋しさが吹き飛ぶほどの強烈な快楽。お互いに理性を保てず獣のように何度も交わりながら、私はいつしか意識を失っていた。

目が覚めるといつもの天井が見えた。

しばらくそのままの姿勢でぼんやりしてから視線を横に向けると、隣にいるはずの彼がいない。

思わず飛び起きた拍子に布団がはだけ、裸の胸がこぼれた。誰が見ているでもないのにとっさに布団を引き寄せる。

「壱弥、さん？」

しんとした室内に返事はない。ただ朝の光がカーテンの隙間から漏れ出しているだけだ。

時計を見ると朝の五時。枕元に畳まれていたパジャマを着て急いでベッドを下りる。洗面所やゲストルームを覗きながら一階に向かい、目的の姿を見つけたのはダイニングルームだった。

「なんだ、起きたのか」

テーブルに広げたノートパソコンから顔を上げ、壱弥さんはキッチンに目を向けた。

気のせいか、いつもより表情が溌溂《はつらつ》としている。

「コーヒー飲むか？」

「いえ。……今朝は早いんですね」

「ああ。夕べ熟睡したせいか仕事のアイデアが次から次に湧いて止まらないんだ」

画面に目を落とす彼の口角はめずらしく上がっていた。よほど仕事が楽しいらしい。

起き抜けにパソコンを立ち上げずにはいられないほどに。

「熟睡、できたんですか」

「こんなに寝たのは高校生以来かもしれない」

機嫌よさそうに言ってから、思い出したように私に目を戻した。

「体は、大丈夫か」

「ええ。なんともないです」

「そうか。ひかりもよく眠れたんじゃないか」

「……そうですね」

感情を顕《あら》わにする壱弥さんなんてすごく貴重なのに、なぜか胸が重苦しい。

仕事が捗《はかど》ることを素直に喜んでいる彼に対して、複雑な気持ちが押し寄せた。

彼にとっては、やっぱり良質な睡眠を得られることが第一なのだ。

私と一緒に寝ることでそれが叶う。

つまり、夕べの行為はすべてその一環だった。

どこか遠くに吹き飛ばされていったはずの切なさがあっという間に胸に舞い戻る。

やっぱり私は、ただの抱き枕にすぎないのかな……。

ダイニング中に漂うコーヒーの香りに、壱弥さんの匂いが混じっている。いつもは心地よく感じるその匂いが、今はなぜかとても悲しかった。


東京から飛行機で二時間弱。自動車がないとどこにも行けない車社会のこの小さな町は、十二月を待たずして最低気温が氷点下に達する。

市内を縦断する川に沿って碁盤の目状の通りを市営バスが走っていく。空港からいくつか乗り継いでたどり着いたバス停から、さらに十分歩いた先に古い一戸建ての実家がある。

食べ盛りの弟妹たちへのお土産はほとんどが食品だ。いつものようにタッパーに詰め込んできた煮物やきんぴらに加えてサプライズで用意したのは食べたがっていたデパートのパンと流行《はや》りのお菓子。

荷物が増えすぎたことを少し後悔しながら残りの道のりを歩く。休日は親子連れや買い物客でにぎわっている通りも、水曜日の夕方は意外と人影がまばらだ。

十一月に入り、壱弥さんは一週間の出張に出かけた。買収を進めている飲食チェーンの各店舗を視察するため、冴島営業統括部長と全国を飛び回っている。その間、私も休業になったため暇を持て余していたところ、実家から連絡が入り帰省することに決めたのだ。

【元気にしてる？　旦那くんとの新婚生活は順調？】

帰省のきっかけになった母親からのメッセージを思い出す。

母はもともと細かいことを気にしない性格だ。くわえて子どもが五人もいる母子家庭だから、長女である私に対しては口うるさく言ってこず、娘というより幼い弟たちを一緒に育てる仲間や同志というふうに見ている節がある。信頼されているといえば聞こえはいいけれど、手が回らないというのが実情だ。

昔は寂しいと思うこともあったけれど、今回はそんな母の気質のおかげでとても助かった。

入籍した際に電話で結婚報告をしたとき、母親は細かいことをあれこれ詮索せず手放しで喜んでくれた。実際、カナリヤ亭のふたりに報告するほうがよっぽど神経を使った気がする。

往復の飛行機代もバカにならないし、そんな母だからこそ私は働くことに専念して二年に一度くらいしか実家に帰らなかった。弟や妹とテレビ電話は頻繁にしていたけれど帰省するのは久しぶりだ。

「ただいま」

玄関ドアを開けた瞬間、奥からどたどたと足音がかけてくる。

「あー！　ヒイ姉！　おかえり！」

飛びついてきたのは小学六年生になる双子の片割れの妹、風花《ふうか》だ。

「ただいま」

両手に持っていた荷物を框《かまち》に置き、抱きついてきた風花をぎゅっと抱きしめる。

妹は満足そうに笑うと紙袋をひとつずつ覗き込んだ。

「わーお土産いっぱい！　特製きんぴらは？」

「作ってきたよ」

デパートで買ったお土産より私の手料理のほうを楽しみにしてくれている妹を微笑ましく思いながら靴を脱ぐ。

「お母さん帰ってきた？」

「うん、さっき」

風花は紙袋をいくつか持つと、「おかあさーん」と叫びながら奥に走っていく。家中に響く声につい笑ってしまった。

「相変わらず騒がしい」

煩わしくもあり、懐かしくもある感覚に胸が温かくなるのを感じながら、廊下を抜けてリビングに出た。

「ひかり、おかえり。ちょうど今からごはん作るとこ」

仕事帰りの母が髪をまとめた姿のまま冷蔵庫を開けている。

「おかず持ってきたから使って。きんぴらと煮物、鶏手羽元の甘辛煮も」

紙袋をテーブルの上に置くと「助かるわぁ」と言って食卓を整えはじめた。

「ひかりも食べる？」

「ううん、私は食べてきたから。太陽と音《おと》はまだ学校？」

「太陽は部活。もうすぐ帰ってくるかな。音は塾」

高校二年生の弟、太陽は剣道部所属だ。十七歳ながら質実剛健といった感じの太陽は真面目な性格で体が大きく身長は百八十センチもある。反対に中学三年生の妹、音《お》葉《と》《は》は華奢《きゃしゃ》な体つきで一見おとなしそうな見た目に反して活発なタイプだ。

そしてもうひとり。

「颯《はやて》、ただいま」

リビングのソファに座って分厚い本を読んでいる双子の片割れに声をかける。二卵性双生児で風花の兄にあたる颯は、眼鏡をかけた顔をこちらに向け「おかえり」と呟いた。おしゃべりで勉強より運動が好きな風花とは正反対のタイプだ。

「颯、お皿並べるの手伝って。こら風花！　お菓子はご飯のあと！」

母親の怒声を懐かしく感じながらキッチンで手を洗う。

「颯待って、今テーブル拭くから」

皿をそのまま並べようとする弟を制止して台布巾を滑らせる。ダイニングを占領する大きな六人掛けのテーブルには、あちこちに傷やシールを貼った痕があった。そのひとつひとつに思い出が刻まれていて、幼い子どもを何人も育んできた勲章みたい。

「で、結婚生活はどうなのよ。仕送りをずいぶん増やしてくれたけど仕事は続けてるの？」

ようやく食事を始めながら、母親が声をかけてくる。私はお茶を飲みながら苦笑いを浮かべた。

「うん、まあ」

母親には心配をかけまいと、結婚の報告しかしていなかった。会社をクビになったことも壱弥さんから毎月お金をもらって仕送りや貯金をしていることも黙ったままだ。

「旦那くんは忙しい人なんだっけ。仲良くやってる？」

無邪気に訊《き》かれ、胸の中に苦いものが広がった。

はじめて体を重ねたあの日、自分が道具として必要とされている事実を目のあたりにして以来、私は壱弥さんとうまく話せなくなっていた。

彼の前では以前と同じように振舞っているつもりだけれど、ふとした瞬間に悲しみが込み上げてうまく笑えない。そんな私の様子に気づいているのか、彼もあれから同じベッドに入っても体を求めてはこなかった。

母親の質問に答えられずにいると、彼女はなにかを察したようにやけに明るく言った。

「まあ、夫婦になるといろいろあるから！　無理だったら帰ってくればいいわよ。いまどき離婚なんて普通だし」

カラカラと笑う母親を睨みつける。

「しないから、離婚なんて」

「あらそう？」

新婚の娘にかける言葉とは思えないことを口にした母はニヤつかせていた顔を瞬時

に鬼の形相に切り替えた。

「こら風花！　鶏肉ばっか取らない！　颯、食事のときは本をしまいなさい！」

食卓に忙しく目を配りながら自分の食事を進める母親は豪快な人だ。子どもたちを全力で叱りながら全力で守ろうとする。きっと私が結婚に失敗してもなにも言わずに迎えてくれるだろう。

いつでも帰れる家がある。

そう思えるだけで、気持ちは少し楽になる。

弟妹たちの小学校の話や家族の近況を聞いているうちに食事を終え、颯たちは母親に追い立てられるようにして順番にお風呂に入りに行く。入れ替わるようにして上の弟妹、太陽と音葉が帰宅した。

「あーおねえ、おかえり」

学校と塾の勉強道具が入った重そうなリュックを乱雑に投げ出して妹の音葉はすぐさま炊飯器に向かっていく。中学三年生になってバスケット部を引退してからも食欲は衰えないらしい。

「あーおなかすいた」

「おい、音、手洗ったか？」

一緒に帰ってきた太陽に注意され、音葉は「はいはい」とうるさそうに洗面所に向かっていく。太陽のしっかり者具合も健在でつい笑ってしまった。

「姉ちゃん、おかえり。今日仕事早かったの？」

「……うん」

大人顔負けのしっかりしたセリフに内心舌を巻きながら曖昧にうなずき、質問を返す。

「部活帰りに音の迎え？」

「まあ、帰り道だし。ついでだから」

相変わらず面倒見がいいなと思いつつ、そうならざるを得なかった環境を少しだけ不憫《ふびん》にも思う。

六年前、私が短大を卒業する年に父親が病気で亡くなってから、わが家では誰が決めたわけでもないけれどそれぞれの役割が自然と定まった。

父親がいないぶん家計の足しにすべく私は外で必死に働き、仕事と家事育児で忙殺されていた母親を間近で見ていた当時十一歳の太陽が、自然と小さい弟妹たちの面倒をみるようになった。

思春期真っ盛りだった中学時代も、友達と遊ぶ時間を削って妹たちを遊びに連れて行ってくれたり、進んで家事をしてくれたり。自分を犠牲にして家族に尽くしてくれた弟の夢が、将来薬剤師になることだと知ったからには、絶対に大学に行かせてあげたい。

「……ちょっと、俺を見ながら涙ぐむの、やめてってば」

「いい弟もったなと思って」

あきらめたようにため息をつく弟に頬ずりしたい衝動をこらえていると、山盛りのごはんをあっという間に空にした音葉がお箸をくわえながら言う。

「おねえ、いつまでいる？　一緒に動画見よ」

「日曜まではいるつもりだけど、勉強はいいの？」

「うん、息抜き」

妹の音葉は帰省するたびに私に自分の好きなアイドルグループの動画コンテンツを見せるのが習慣になっている。ほかの兄妹が一切興味をもってくれないらしく、共有相手が欲しいらしい。

「というか、このお菓子ってこの間テレビでやってたやつ？　やった」

「あー！　オト姉ずるい！」

菓子の箱を開けた音葉に、風呂上がりの風花が突進していく。

「あたしが先に開けたかったのに！」

「先にとか関係ないし。子どもは明日にしな。残ってるかどうかわかんないけどねー」

「ずるい！」

個包装の焼き菓子を取れないように高く掲げる音葉に、風花がぴょんぴょん飛びつく。

「こら音葉、意地悪しない！」

台所で片付けをしている母親に窘められ、音葉は「はいはい」と適当に返事をする。

「配るから並べ子どもたち。ほら颯も」

「自分も子どもじゃん！」

音葉と風花のいつものやりとりを無視して颯は菓子を受け取るとソファに座って本を広げた。それを横目に見ながら大柄な太陽は六人掛けテーブルに窮屈そうに着いて食事をしている。

実家に帰ってくるたびに目にする光景だ。穂高邸のひんやりした空気とも、カナリヤ亭に感じる自然の温かみとも違う。うるさくて騒がしくて、ゆっくり自分の時間を持つこともできないのに、不思議と満ち足りる。

「姉ちゃん、見てみて、あっくんがテレビ出てる」

テレビの前に移動した音葉に手招きされてソファに移動しながら、変わらない実家の空気にほっと息をついた。

翌日からの二日間、私は久しぶりに実家の家事を引き受けた。

学校に行く弟たちを見送り、仕事に出かける母親を送り出し、午前中に掃除、洗濯、買い物を済ませ、簡単な昼食を食べてから夕飯の下ごしらえをしているうちに、あっという間に双子が帰宅する。

ふたりにおやつを食べさせ、洗濯物を取り込んでから夕飯作りの続きに取りかかる。

穂高邸でのんびり過ごした時間が嘘だったみたいに息つく間もなく動き回り、目まぐるしく過ぎる時間に身を任せていたら、それは突然起こった。

「嘘でしょ……」

朝寝坊をした土曜日の午前九時。スマホに届いたメッセージにリビングで立ち尽くすと、洗い物をしている母親が不思議そうに私を見た。

「どうかした？」

「ん、なんでもない」

顔洗ってくる、と言い置いて洗面所に駆け込み、改めてスマホの画面を見る。メッセージアプリの差出人アイコンには威風堂々と『壱』の文字が表示されている。

【仕事が片付きそうだから、今日そっちの実家に行く】

出張中の旦那様からの端的な文章を何度も読み返した。

たしか当初の予定では仕事は明日までで帰宅も日曜の夜遅くになるはずだった。だから私もそれに合わせて明日帰ろうと思っていたのだ。壱弥さんには実家に行くことを伝えていたけれど、彼自身が来ることはみじんも想定していない。

でも、考えてみれば、壱弥さんはカナリヤ亭にさえきちんと挨拶に来てくれたのだから、空いた時間でここに来る可能性もゼロではなかった。

迂闊《うかつ》だった。実家の面々には結婚したことは伝えたけれど、壱弥さんのことは仕事が忙しい人だとしか説明していない。

契約結婚という性質上、お互いの利害が一致しなくなったら離婚することになる。それなら最初から家族には余計な心配をかけたくないし、忙しい彼が遠方にある私の実家を訪れる機会はないだろうと思っていた。

母親は私を信頼してくれているし、彼との挨拶は急がなくていいと言ってくれていた。

その言葉に甘えていたのに、突然壱弥さんが現れたらきっとわが家はパニックに陥る。

慌てて返信しようとして、指を止めた。

なんて返そう。『来なくていい』はなんだかひどいし、なにかいい言いまわしはないだろうか。

文字通り頭を抱えていると、スマホの着信音が鳴り、急いで通話ボタンをタップした。

「もしもし」

「俺だ」と低く透き通った声が響く。

久しぶりに耳にする声音に心臓が小さく音を立てた。電話の声って、耳元で囁かれているみたい。

「まだ実家だろ？　仕事が片付きそうだから、これからそっちに向かう。外出する予定はあるか？」

「ええと、家にはいますけど……お疲れでしょうし、無理に来なくても大丈夫ですよ」

「今回を逃すと、次いつ行けるかわからない。親御さんには早いうちに挨拶をしておきたい」

ここへ来て、至極まっとうなことをおっしゃる。

洗面台の鏡に映る自分の顔が、泣き笑いの絵文字そっくりになっていた。出会った日の傍若無人ぶりが嘘みたいに壱弥さんは正論を吐く。

「むしろ遅すぎるくらいだ」

「ええと、そうなんですけど、まだこっちの準備が整っていないというか」

「ヒイ姉、電話だれ？　旦那さん？」

背後から突然声がして、飛び上がる。

「ふ、風花。ちょっと向こう行ってて」

追い払おうとしても、小さい妹は私に絡みついて離れようとしない。

「旦那さんでしょー、旦那さーん、聞こえますかー」

わざと大きな声で言うイタズラ盛りの妹を、慌てて引きはがす。

「ちょ、風花！」

「妹の風花でーす。ヒイ姉とラブラブですかー？」

「すみません、下の妹が！」

通話口に手をあてて慌てて弁明すると、低い声で「代わってくれ」と言われた。

「え……」

「いいから」

有無を言わさぬ強い口調に、妹を見下ろす。きょとんと私を見上げる風花に、おそるおそるスマホを渡した。不思議そうに受け取ると、怖いもの知らずの妹はためらうことなくスマホを耳にあてた。

「もしもし？　はい、うん」

なにか短く会話をしてから、風花は「はい」と私にスマホを返した。満面の笑みを浮かべてうれしそうに言う。

「ラブラブだって」

「えっ」

踊るようにリビングに駆けていく妹の背中を見ながら、再びスマホを耳にあてた。

「妹にいったいなにを？」

「べつに大したことじゃない。とにかく今日そっちに行く。時間はわかり次第連絡する。じゃあな」

そう言うと、通話が切れてしまった。ツーツーという不通音を聞きながら立ち尽くす。

壱弥さんがここに来る？　広いだけで古めかしいわが家に？　あのキラキラのオーラをまとった美しい人が？

想像しただけで場違い感がすさまじい。改めてとんでもない人と結婚したのだなと思っていると、母親がひょこっと洗面所に顔を出した。

「旦那くんから電話だって？　なんか風花が騒いでるけど」

「ええと……」

風花がなんと言って騒いでいるのか想像つかないけれど、母親は怪訝そうに眉をひそめている。頬が引きつるのを感じながらひと言だけ口にした。

「これから来るって……」

そうしてやってきた壱弥さんは思っていた通り、わが家で激しく浮いた。都心で暮らす洗練された彼は古びた家にまったく馴染まず文字通り仮想現実みたいに浮いて見えた。

壱弥さんのいるところだけ時空が歪んでる……。

六人掛けのダイニングテーブルで姿勢を正してお茶を啜る姿を見ながら内心で呟く。

時刻は午後六時。窓の外はすっかり暗くなっていた。

「ていうか風花、なんで壱弥さんの隣に座ってるのよ」

さっきから彼の隣を陣取ってぴたりとくっついている下の妹が、腕に絡みつく勢いで呟く。

「おにいさま」

「違う！　いや違わないけど！　いいから離れなさい」

「いやだ！」

「風花！」

暴れる妹をどうにか引きはがし、私は勢いよく振り返る。

「で、音葉はそんなところでなにしてるわけ⁉」

壱弥さんが来た途端に隣の部屋へと駆け込んだ上の妹は、引き戸を薄く開けて隙間からじっとこちらを凝視している。

「こっちに触れないで。遠くで拝みたい」

「拝みたいって、大仏じゃないんだから。というかお母さんまでなにしてるの！」

よく見ると音葉の陰に母の姿があった。娘と同じように隙間から壱弥さんを隠れ見ている。

「ご挨拶するんでしょう。こっちに来て座って！」

私の言葉にハッとしたように瞬きをし、「目がつぶれるかと思ったわ」と言いながら姿を現した。

「というか私ったらすっぴんで。お化粧してくるから」

「いいからそのままで！」

「でもお客様に失礼じゃ」

「大丈夫、そのままでも十分綺麗だから」

なだめながらどうにか壱弥さんの前に座らせると、母は観念したように息をついた。

無表情の壱弥さんを見上げ、彼女はようやくいつもの笑顔を見せる。

「ごめんなさいね、騒がしくて」

リビングのソファから興味津々な視線をよこしてくる双子と、相変わらずドアの陰で覗き見をしてる中学生の妹、そしてキッチンには仁王立ちをして威圧的にこちらを見ている高校生の弟。

文字通り四方八方から注がれる視線をしっかり受け止めながら壱弥さんは静かに言う。

「いえ、こちらこそ急にお邪魔して申し訳ありません」

脇に置いていた紙袋から菓子折りを取り出し「つまらないものですが」と礼儀正しく手渡すと、すぐに本題に入った。

「改めまして、穂高壱弥と申します。ホダカ・ホールディングスという会社の代表を務めております。ひかりさんからお聞き及びかと思いますが、先日お嬢さんと入籍しました」

一瞬空気が固まった気がした。簡単に説明してあるとはいえ、改めて彼の口から紡がれた言葉は私が口にした言葉とは重みが違うようだった。

「ご挨拶が遅れ、申し訳ありません」

深く頭を下げる彼の隣に座って私も一緒に頭を下げる。さっきまでの騒がしさが鳴りをひそめあたりを静寂が包む。すると、母が言った。

「いやね、顔を上げてくださいな。たしかに急でしたけど、娘が選んだ人なら大丈夫って思ってましたし」

朗らかに笑いながら、母親は私たちを見る。

「こうして来てくださったし、立派な会社の社長さんだなんて相当忙しいんでしょう？」

そう言ってから、一呼吸あけて続けた。

「でも、ひとつだけ教えてくださるかしら」

まっすぐな視線にどきりとする。その視線を真正面から受け止める壱弥さんの表情は変わらない。いつもの無表情とは少し違う、目に力がこもった真剣な顔に見える。

「どうしてひかりだったんですか？」

穏やかな笑みを消し、母は真面目な顔で私を見た。

「正直、この子には特別な能力はなにもない。そのへんにいるような普通の子です。もちろん私にとっては大切な娘ですけど、あなたにはもっと釣り合うような女性が周りにたくさんいたのでは？」

本当にね、と思わず同意しそうになった。きっと誰もが不思議に思う。壱弥さんの結婚相手が私だなんて。

それくらい私たちは不釣り合いなのだ。

壱弥さんは母をまっすぐ見返し、静かに口を開く。

「においです」

母親の顔がにわかに曇った。私もつい彼を見上げる。

まさか〝匂い〟の話をするつもり？

「匂い？　え？　体臭的な？」

母が訝しげに問うと、壱弥さんははじめて言い淀んだ。

「いえ、嗅覚とでもいうか……」

いつも滔々《とうとう》と話す彼にはめずらしく、言葉を選んでいるような間ができる。

「私はこれまで合理的に生きてきたつもりです。経営を始めてからはなおさら数字やデータをもとに行動を起こしてきました。しかし、ひかりさんと出会ったときに感じた衝動は、うまく説明ができません」

いつも自信たっぷりで相手と対等であろうとする彼が、母を前に少し委縮しているように見えた。視線をわずかに下げ迷うように言葉を紡ぐ。

「体と心が同時に反応しました。そんなことはこれまでの人生で一度もありませんでした。理屈ではなく、本能でひかりさんに惹かれた。そうとしか……」

はっきりとした口調で、彼は続ける。

「ただひとつ言えるのは、ひかりさんは私にとっても特別な存在だということです」

頬が熱くなった。隣に座る彼が母親にまっすぐ告げた言葉が、私の胸をきゅっと掴む。

「そうですか」

彼のぶれない視線を受けて、母親は相好を崩した。

「うん。あるわよね、理屈じゃないことって」

壱弥さんの説明に納得したらしく、母はうれしそうに繰り返す。

隣に座る彼の匂いを感じながら、膝に置いた手をギュッと握りしめた。

――特別な存在。

壱弥さんが口にした言葉が頭の中で繰り返される。

きっとそうなんだろう。私たちの遺伝子は真逆で、お互いを癒す力を持っている。

そして壱弥さんが求めているのは〝心身を効率的に回復させる手段〟なのだ。

私はただの抱き枕として必要とされているだけで、愛されているわけじゃない。

ふいに泣きたい気持ちになって、無理やり顔を上げた。

「じゃあ、壱弥さんそろそろ……」

彼をいつまでもわが家に置いておくのも気が引けて席を立つと、母親が声をあげた。

「え、もう帰るの？　せっかくだからご飯食べていったら。といってもカレーだけど」

壱弥さんにわが家の平凡カレーを食べろと⁉

「いやいやこの人、忙しいから」

母親のとんでもない提案についぞんざいな物言いをしかけた私を、彼が遮る。

「では、お言葉に甘えて」

「ええ⁉　食べてくんですか？」

私が振り返ると、壱弥さんは心なし眉を下げた。

「え、ダメか？」

「や、ダメじゃないですけど……うちのカレーなんて、お口に合わないかもしれませんよ」

「うちのカレーなんてって、失礼ね。母の絶品カレーを」

「市販のルーを混ぜただけじゃない」

「それだけじゃないわよ！　コーヒーとかリンゴとか隠し味をたくさん入れてるんだから」

「今日カレーなの？　やった！　このお菓子も食べていい？」

どさくさに紛れて菓子折りに手を伸ばす風花の耳を掴む。

「ダメ。というかあんた宿題やったの？」

「颯がやってた」

「写す気満々じゃない！　自分でやりなさい」

「てか姉ちゃん、結婚式しないの？　俺、姉ちゃんの花嫁姿見たいなぁ」

「やだ太陽、あんた泣いてるの？」

母親にからかわれる弟を見て、ぐっと胸がつまった。「泣いてねーし」と目をこする弟に思わず抱きつく。

「太陽！　姉ちゃんやっぱり結婚しないから！」

「いやもう入籍してんだろ」

一気に騒々しくなる部屋の片隅で双子の片割れ颯はマイペースに本を読んでいる。そしてもうひとり、上の妹はまだドアの陰に隠れていた。壱弥さんに視線を送りながら「尊い……」と呟いている。

いつもの遊佐家の騒々しさにハッとして壱弥さんを振り返ると、彼は顔を伏せて小さく肩を揺らしていた。

遊佐家の狭い食卓でみんなでカレーを食べている間も弟妹たちは騒がしかった。それでも壱弥さんは文句も言わず食事を平らげたどころか洗い物まで手伝ってくれた。泊まっていけと言う母の申し出は全力で固辞し、彼とタクシーに乗り込んで主要駅近くのタワーホテルに到着すると夜の十一時を回っていた。

「お風呂、お先にありがとうございました」

「ああ」

洗面室から部屋に戻ると入れ違いに壱弥さんが浴室に向かっていく。

彼がオンラインで押さえてくれていた部屋は、三十四階からの夜景が美しいラグジュアリールームだった。角に面した壁が窓になっていて低層ビルや街の明かりがきらめいている。反対側にはセミダブルのベッドがくっついて並んでいた。

予約が埋まっていてここしか取れなかったと彼は言っていたけれど、私にとっては十分すぎるほど豪華な部屋だ。

騒がしかった実家とは打って変わり、ふたりだけの空間は静まり返っている。ベッドに腰かけると、ぎしりと軋む音がはっきりと部屋に響いた。

壱弥さん、私の家族のことをどう思っただろう。

タクシーの車内ではすっかり寝入ってしまい、ろくに話せなかった。久しぶりに会ったパワフルな弟妹たちにすっかり体力を奪われ、あくびを連発していたせいで壱弥さんに気を使わせてしまった。

彼も私にもたれて少し寝たらしいから、さすがに疲れが出たのだろう。

枕に背中を預けながらスマホのロックを解除する。メッセージアプリの遊佐家グループの会話にはハートマークのオンパレードだ。

【おにいさま美しい】

【母さんは最初からひかりのことを信じてたわ】

言いたい放題の会話に苦笑しホーム画面に戻して、ふと思った。

そういえば、自宅のベッド以外で一緒に寝たことはないかもしれない。そもそも外泊自体がはじめてだ。

目線を上げればベッド上に飾られた北欧風のアートパネルが目に入る。ひんやりした穂高邸とはまた違ったおしゃれな空間は、非日常感があって気持ちを高揚させる。

心臓が高鳴って胸を押さえたとき、洗面室の扉が開いた。

「まだ起きてたのか」

「はい……」

ガウンを身にまとった彼はペットボトルの水を飲み、そのままベッドに上がってくる。

「今日はありがとうございました。すみません、うるさい家で」

緊張を隠すように言うと、彼は短く言った。

「いや、納得がいった」

「え？」

「ああいう家庭で育つと、おまえみたいなまっすぐな人間ができあがるんだな」

首をひねる私を振り返り、彼は呟く。

「居心地、悪くなかった」

視線が合わさって、きゅっと胸が締まった。向き直った広い背中を見つめる。

ああ、この人は本当に素直じゃない。

『居心地が悪くなかった』というのはつまり、居心地がとてもよかったということだ。

「それはよかったです。というか壱弥さん、私たちを見て笑ってませんでした?」

俯いて肩を揺らしていた姿を思い浮かべながら言うと、彼は「さあな」と答えを濁した。

素直じゃないなぁ。

ちらりと視線をよこした彼が私の表情に気づいて眉をひそめる。

「……なんで笑ってる」

「いえべつに」

睨まれたのに、委縮するどころかますます笑みがこぼれてしまう。

この人とはじめて対峙《たいじ》したときからは考えられなかった。

めったに変わらない無表情が怖くて近寄りがたいタイプだと思ったのに、今は彼がほんの少しでも表情を変えるのが楽しみでならない。

「……笑いすぎだろ」

ふてくされたように背中を向ける姿が愛《いと》しかった。

「もう寝るぞ」

怒ったような口調で言うと、壱弥さんは足元の間接照明だけを残して明かりを落とした。

布団にもぐり込み、いつものようにそっと近付いてくる。鼻先に感じる彼の匂いは、風呂上がりのせいか濃密だ。

腰に手を回された拍子に体が跳ねてしまった。

いつもと違う場所だからか、体に力が入ってしまう。

「……どうした？」

「いえ、なんだか……緊張して」

彼がのそりと身を起こす。傍らに肘をつく形で見下ろされ、心臓がドキリと音を立てた。

間接照明の淡い光に照らされた壱弥さんの顔。オレンジ色のライトを反射する瞳は吸い込まれそうなほど透き通っている。その目で見つめられたら、動けない。

ほんの少し乾いた唇がそっと近付いてくる。

はじめて体を重ねたのは一ヵ月前だ。あの日以来、私たちはキスもしていない。

久しぶりの感覚に胸がときめいて目を閉じようとしたとき、彼の唇が逸れて耳に息を吹きかけられた。

「ひえっ⁉」

とっさに変な声が漏れてしまう。

「な、なに」

耳を押さえながら、私は目を疑った。壱弥さんはいたずらっ子のように笑っていた。

「な……なにするんですか」

「いや、緊張をほぐしてやろうと思ったら、ずいぶんいいリアクションをしたな」

「だって突然で」

あまりに笑うからこちらまで笑いが込み上げる。頬が緩むのをこらえながら身を乗り出した。

「ずるいです。私もします！」

「おっと。そうはさせるか」

伸ばした手を掴まれ、ベッドの上でもつれあう。組んず解れつ攻防戦を繰り広げ、最終的に私が壱弥さんの上にまたがり両腕を掴まれている状態で静止した。

互いに肩で息をしながら見つめ合い、どちらからともなく笑い出す。

「必死ですね」

「おまえこそ」

子供みたいにベッドの上を転げまわって布団はぐちゃぐちゃだ。あんなに緊張していたのに、体の強張りがすべて洗い流されたようにすっきりしている。

いつからか触ってみたいと思うようになっていた、滑《なめ》らかな頬。気がつくと手を伸ばしていた。

そっと触れる私の指を、彼はなにも言わずに受け入れてくれる。

「笑った顔、素敵です」

ついこぼれた本音に、自分でハッとする。

壱弥さんの切れ長の目が丸まって、やがて不自然なほど細くなった。

「……笑ってない」

口をへの字にする彼を見て、噴き出してしまう。

「素直じゃないですね」

笑っている私につられるようにして、彼の表情も少し和らいだように感じるのは、気のせいだろうか。

「もう寝ろ」

隣に横になると壱弥さんは間接照明の電源を落とした。急に舞い降りた闇に視界を奪われ、少しだけ胸が騒ぐ。

今日はくっつかないで寝るのかな。

いつの間にか緊張はほぐれ、入れ替わるように心を占領するのは物寂しい気持ちだった。

もっと触れたい。

そう思っていたら、ふいに伸びてきた大きな手が私の手を優しく掴んだ。指が絡んで手のひらから温もりが伝わってくる。

「今日はこれでいい」

囁くような声にどきりとする。しばらくして寝息が聞こえてきても、私の意識は手のひらに集中したままだった。

絡まった指。筋ばった手の感触。これまで一緒のベッドに入っていても別々で寝ていたような気がしたのに、手のひらから伝わる温もりに気持ちが緩んでいく。

でも、もっと近付きたい。あの日みたいに、強く抱きしめてほしい。

隣で寝入ってしまった彼をそっと見やる。

もう、私に触れてはくれないの？

そんなふうに思う自分こそ、彼を強く求めているのだ。その事実に気づいた途端、猛烈に泣きたい気持ちになった。

ダメだ。

契約結婚なのに、本気で好きになるなんて。

戸籍上の旦那様の寝顔をそっと見つめる。

薄く開いた血色のいい唇。かすかに聞こえる寝息。近付きたい衝動を必死にこらえながら、私も瞼を下ろした。

極上CEO、愛情と情欲の狭間に

双方が合意したうえで成り立つ契約というのは、相手側に契約違反があればそれを理由に契約を解除することができる。

ひかりとは婚姻契約を結び一緒に暮らしているが、状況としては偽装結婚に近い。ベッドをともにするために夫婦という体裁が必要だったから婚姻届を出しただけ。だから並んで寝ていても手は出さない。

その約束を破るつもりはなかった。彼女が発する甘い匂いに誘われても、こらえるだけの理性は残っている。

そのはず、だったのに。

――離れるなんて……言わないで。

濡れた目に見つめられ目眩《めまい》がした。瞬時に脳がマヒ状態に陥り、理性が働かなくなる。

そうやってひとつになったときの高揚感が忘れられない。柔らかな体温に、俺は一瞬で虜になった。

体のあらゆる組織が解けて洗い流されたうえで再構成されたように、心身ともに信じられないほどリフレッシュができた。それだけじゃない。彼女の香りや肌の感触、甘い声に心臓を鷲《わし》掴みにされた。

そんなことははじめてだった。

——壱弥さん。

可憐な声で名前を呼ばれるだけで心臓がうずき、何度でも華奢な体を抱きすくめたい衝動に駆られる。

じわじわと胸に迫る彼女への気持ち。その正体に、そろそろ真正面から向き合う必要がある。

俺は、彼女が愛しい。

自分の想いを自覚した途端、体の奥底から激しい独占欲がせり上がってくる。

彼女を、絶対に手放したくない。

そう思ったのに、はじめて体を重ねた翌朝、ひかりはどこか憂鬱そうな顔をしていた。

朝の光が差し込む会社のフロアに、社員の姿はまだない。始業時刻より一時間半も前だから当然といえば当然だが、社長室にはいつものように深水の姿があった。

「さようですか！　とうとう！」

過保護な秘書は、メタルフレームの眼鏡を光らせテンション高めに両手を叩く。

「おめでとうございます！　お赤飯を炊きましょう！」

「おいやめろ」

めいっぱい睨んでも、深水は臆さない。それどころかうれしそうに満面の笑みを浮かべている。

迂闊だった。中学生でもあるまいに夫婦のベッド事情など口にするつもりはなかったのだが、あまりにも仕事が捗るせいで訝しがられ、誘導されて結局夕べの話をしてしまったのだ。

「そうですか。ではお互い気持ちが通じたのですね」

小躍りでもはじめそうな勢いで言う深水に、つい口が滑る。

「それが今朝、体調が悪そうだった。おれは気分爽快だったんだが」

ぴたりと動きを止め、深水は笑顔を消した。眼鏡に照明が反射し、どんな表情をしているのか読み取れなくなる。

「それは……無理をさせたのでは」

「……否定はできない」

「いけません！　女性は繊細です。社長があまりにはしゃいでは体目的だと思われかねません」

捲《まく》し立てる深水を再度睨みつける。

「そんなわけないだろ」

「もちろんです。ですが、女性はなにより気持ちを大切にするのです。ひかりさんが心を開くまで、自重なさるのがよろしいかと」

「……」

黙り込んでいると、深水は興味深そうに眼鏡を押し上げた。

「そんなによかったんですか？」

幼少時からの付き合いになるが、深水は出会った頃から掴みどころがなかった。ふざけた冗談ばかりを言っているかと思ったら、ふとしたときに真理をつくような鋭いひと言を放つ。兄のように頼りになることもあれば、おちゃらけて周囲を惑わせる弟のようでもある。

なんでも話せる関係だが色恋についてはほとんど触れたことがなかった。俺が真剣に女性と付き合うことがなかったせいもあるかもしれないが。

深水の恋愛事情についてはほとんど把握していない。旧友でありながら謎に満ちた男だなと改めて思った。

「……教えるわけないだろ。仕事の邪魔だ。いいから出ていけ」

すべてを見透かしたようにニコニコ笑う秘書を社長室から追い出し、深いため息をついた。

日中、頭をフル稼働させ心身ともに消耗しても、自宅に帰れば彼女が待っている。最近はそれが楽しみであり、憂鬱でもあった。

夕食を取り風呂を済ませ、同じベッドに入る。彼女の匂いを間近に感じながらいつものように細い腰に腕を回す。

はじめの頃は心がほぐれるほど優しく甘やかだった彼女の匂い。今となっては俺を惑わせる魅惑の色香だった。

彼女に触れると否応なしに脳がしびれ、激しい情欲が込み上げる。それにもかかわらず、腰を抱く以上の接触は許されない。

もはや拷問だ。

肌の触れ合いがない頃はなんとも思わなかったのに、一度経験してしまった今、あの高揚感を忘れるのは容易ではない。

くわえて一週間の視察が入り、ひかりと離れて過ごすことになったせいで欲求はひどく高まってしまった。

久しぶりに顔を合わせたその日、ひかりの実家に挨拶に行ったあと泊まったタワーホテルで俺は限界を迎えそうだった。だが帰省して疲れている様子の彼女に、再び無理をさせるわけにはいかない。

そんな中、手をつないで寝るのはなかなかの名案だった。匂いや気配を感じられる最低限の距離で、近すぎて情欲に支配されそうになる心配もない。

それからも手をつないで寝るという健全な日々を送った。

俺の葛藤などつゆ知らず、無防備に隣で寝息を立てるひかりを幾夜となくそっと覗き込む。

桜のような色の小ぶりの唇。むさぼりたい衝動を必死にこらえ、頬に唇を落として俺は眠りについた。

抱き枕、逆さ遺伝子と愛情故に

壱弥さんが実家に挨拶に来てくれた日以来、私たちは夜、手をつないで寝るようになった。

なんて健全で微笑ましい関係だろうと思いつつ、内心では物足りなさを感じはじめてもいる。触れ合っているのに寂しいと思うなんて、きっと今が肌寒くて人恋しい季節だからだ。

そう自分に言い聞かせるけれど、心はまっすぐ彼を求めようとしていた。

もっと触れたい。彼に近付きたい。

そう思えば思うほど、あとでつらくなるのは自分なのに。

冷たい風が吹き抜けて、コートの襟をかき合わせる。十二月に入ってから気温がぐんと下がったけれど、前を歩く広い背中はまだコートを羽織っておらずいつものスーツスタイルだ。

日が沈んだばかりの空にオレンジ色の残照が見える。暗くなっていく空と対照的に周囲の飲食店には次々と明かりが灯っていた。

午後五時。「食事をしていく」と社用車を降りた壱弥さんは駅周辺を確認するように一周すると私鉄系のビジネスホテルが入ったビルの前で立ち止まった。

薄暗い中でも彼の容姿はとても目につく。その証拠に、道行く女性たちがチラチラと彼に視線を送っている。

傍らに立つ私はきっと妻どころか秘書にも見えないだろうな。

形だけでほとんど空みたいなビジネスバッグをぎゅっと握りしめる。他人を振り向かせるほどの魅力をもつ彼とはプライベートでもビジネスでも全然釣り合わない。

ふと壱弥さんがホテルのビル一階に看板を構えたお店に足を向けた。ホテル内のレストランで食事をするのかと思ったけれど違ったらしい。

地鶏と日本酒が売りらしいその居酒屋は間接照明が落ち着いた空間をつくりだしていて『大人の隠れ家』という言葉がぴったりだ。人気がありそうだけれどさすがにまだお客が少なく、私たちは広いテーブル席に通された。

向き合って座ってから思った。

そういえば、壱弥さんとふたりで外のお店で食べるのははじめてかもしれない。

お品書きからおすすめメニューをいくつか注文し、運ばれてきたビールで乾杯する。

「めずらしいですね。こんな時間に夕ご飯を食べていくなんて」

定時は過ぎたけれど壱弥さんには終業時刻なんて関係がないし、普段は夜遅くに帰宅して夕食は簡単なもので済ませているようだった。

「まあ、見学も兼ねてだけどな」

見学？と思ったところでお通しが運ばれてきた。寒い日にぴったりの大根と鶏肉の炊き合わせは、出汁の優しさが冷えた体に染みわたる。ほおっと息をついていると、同じように小鉢に箸を伸ばしながら壱弥さんは思いがけないことを口にした。

「式は挙げたいか？」

「式？」

なんのことかわからず聞き返すと、こちらを見ないまま続ける。

「結婚式。結婚指輪もまだなかったな」

私たちの結婚は始まり方が普通とは違うし、彼は毎日忙しいし、そもそも結婚に興味がない人なのだから、式とか指輪には思いが至らないのだろうなとは思っていた。

そうなると婚約指輪を用意してくれたのが不思議だけど、深水さんあたりから指摘されていたのかもしれない。

『結婚というのは紙切れだけの契約事項ではなく、通常は婚約指輪を渡しながらプロポーズすることから始まるのですよ』

そんなふうに困ったような微笑を浮かべて、常識外れの結婚話を提案した社長を窘める秘書の姿が容易に想像できた。

「私は特にこだわりがないので、どちらでも大丈夫ですよ」

それに私たちは不安定な関係だ。契約結婚はいつ契約終了になるかわからない。結婚式で周囲にお披露目をしてから離婚するというのは、壱弥さんには体裁が悪いのではないだろうか。

「俺も特にこだわりはないが……この間、弟が言ってただろ」

脳裏をよぎったのは、弟、太陽の涙ぐんだ顔だ。

――俺、姉ちゃんの花嫁姿見たいなぁ。

「結婚は基本的に当人のためだと思ってるが、家同士のためという考え方も理解している」

まあ、うちには家柄なんてものはないがな、と付け足して彼はビールのグラスに口をつけた。

ああ、こういう人だった。

きゅっと胸が音を立てる。

忙しい日々を送りながらも、できる限り周囲に目を配る。私だけではなくて、今度は私の家族の気持ちにまで配慮してくれようとしている。

ふと思う。

仕事に情熱をもって働きつつ、家庭にも目を向けてくれる。それってすごくいい旦那様なのでは？

「そうですね。家族には……特に母親には花嫁姿を見せてあげたいという気持ちはあります」

「そうか」

ときどき俺様っぽい言動があるけれど普段は口数が少なく、おまけに無表情で一見なにを考えているのかわからない。でも実はすごく誠実で、ふとしたときに優しさを感じる。

この人と、ずっと一緒にいられたらいいのに。

いつの間にかそう思ってる自分に驚く。

ダメだ。期待なんかしちゃ。いつか壊れるとわかっている関係にのめり込むのは危険だ。

「体調はどうですか？　最近は眠れてます？」

運ばれてきた料理を受け取りながら尋ねる。彼は私の背後にちらりと目を向けて答えた。

「六時間睡眠で落ち着いてる。少しコントロールできるようになった」

「コントロール？」

「最初の頃はおまえの匂いを感じると猛烈な眠気に襲われていたが、一カ月くらい経った頃から耐性がついたのか少し起きていられるようになった。ゆっくり眠りに落ちる感覚になったというか」

ヒーリング音楽をかけているみたいな気持ちになる。

そう付け足されてギュッと胸が締まった。

それって、私といると落ち着くってこと……？

最初に抱いた彼のイメージがいい意味で崩れ私が一方的に好意を持ちはじめているだけかと思っていたけど、意外とふたりの距離は縮まっているのかな。

彼が私の匂いに癒されるというように、私があの家に安らぎを感じるのはきっと彼の匂いのせいだ。

大型犬に添い寝されているみたいな安心感を得られる夜の光景を思い返す。

たしかに、はじめて電車で隣の席に座ったときもホテルで面接をしたときも、彼は怖いくらいあっという間に眠りに落ちた。そのあと入籍して毎晩一緒に寝るようになったから、私の匂いに慣れたということなのだろうか。

だからこそあの夜、私たちは体を重ねられた。

濃密だった一夜を思い出し、きつく目をつぶる。

癒されると思ってくれているわりに、あれ以来夫婦生活がないのはどうしてなのだろう。

もしかして、私の気持ちに気づいてる？　だからこそ距離を取ろうとしてるとか？

私たちは形だけの入籍をした。そんな契約妻が自分を慕っているとわかったら、彼はきっと面倒に感じる。

だからこれ以上気持ちが入らないように、私に手を出さないのだろうか。

ビールを空にして日本酒のメニューを眺める壱弥さんの様子をそっとうかがう。

もう、私を抱くつもりはないの？

「おまえも飲むか？」

メニューを差し出されてハッとした。

「たしか、酒はそんなに飲まないんだったよな」

「はい、でもせっかくだから一杯だけ」

露骨に視線を送ったから、日本酒が飲みたいんだと思われてしまった。熱くなっていく頬を隠すように日本酒のメニューに目を落とす。

なにを考えてるんだろう。まるで手を出してほしいみたいに。

「この『モダンせんきん』にします」

女性にもおすすめと書かれたメニューを指さして顔を上げたとき、視界に子どもの姿が映った。

ランドセルを背負った小学校低学年くらいの子どもが三人、入口のドアをくぐって慣れたように店の奥に進んでいく。保護者らしき姿は見あたらず、彼らは奥の個室に姿を消した。壱弥さんも子どもたちが入っていった個室をじっと見つめている。

親と待ち合わせか、このお店の子どもたちなのか、それか従業員の子どもとか？

考えられる可能性を頭の中で挙げていると、また入口のドアを子どもが開けた。今度は中学生くらいの少年だ。彼もまた店を突っ切って個室に入っていく。

居酒屋に集まる子どもたち。え、どういうこと？

不思議に思っていると、おもむろに壱弥さんが立ち上がった。お手洗いかなと思ったら、レジ付近の店員に声をかける。

「私、先日お電話した穂高と申しますが」

「ああ、店長から聞いてます」

短くやりとりをして、彼が戻ってくる。

「見学させてもらう。おまえも来るか?」

ぽかんとしている私に気づき、彼は奥の個室を目で示しながら言う。

「ここは夕方五時から八時までの営業時間内に子ども食堂をやってるんだ。今度うちでもCSR活動の一環として取り組むことになったんで、見学させてもらう。といっても今日はついでだから簡単にだけどな」

個室に向かっていく背中を慌てて追う。

妙な時間に食事をすると思っていたら、仕事も兼ねていたらしい。

CSR活動って、たしか会社が取り組む社会貢献活動のことだ。ホダカ・ホールディングスは食品関連のグループ企業が多いし、最近は全国五十店舗を展開する飲食チェーンを買収して壱弥さん自ら全国視察に行っていた。その店舗を利用して子ども食堂をやるということだろうか。

座っていた席からだと死角になっていて気づかなかったけれど、案内された個室のドアの脇には『子ども食堂』と手書きの模造紙が貼られていた。

陰から覗いた室内は意外と広さがある。四脚あるテーブル席に十人前後の子どもたちが座り、おしゃべりしながら楽しそうに食事をしていた。

　お茶や水は自分たちで注ぐスタイルらしく、居酒屋の店員が巻いていた腰エプロンとは違うエプロンを着けた女性スタッフが子どもの配膳を手伝っている。

「井沢《いざわ》さん、こちら見学の方です」

　案内してくれた店員が女性スタッフに呼びかけた。小さく会釈をして持ち場に戻っていく彼女の代わりに井沢さんと呼ばれた四十代くらいの女性が人の好い笑顔を浮かべて頭を下げた。

「ボランティアの井沢です。どうぞ中へ」

　知らない大人ふたりが突然現れても子どもたちは気にする様子がない。みんな友達との会話や目の前の食事に夢中だ。よく見ると食事をしている子どもだけではなく、スーツ姿の男性と一緒に教科書とにらめっこをしている中学生もいた。

「今日は学習相談の日でもあるんで、ああやって勉強を教えたり進路の相談に乗ったりしてるんです」

　言いながらエプロンのポケットから紙束を取り出し、私たちに一枚ずつ渡してくれる。

「ほかにもお店の定休日や土日を使ってクレープづくり大会やいろんなイベントを開催してます」

「募集はどの媒体からするんですか？」

チラシを一瞥して壱弥さんが彼女に尋ねる。

「ホームページと店頭です。申し込み自体はSNSを利用してます。福祉法人や社団法人がパートナーになってくれていて——」

子どもたちに目を配りながら熱心に説明してくれる井沢さんの表情は晴れやかだ。

「食事の準備や後片付けを手伝ってもらうこともあるんです。自分たちでやることで、子どもたちが社会で生き抜く力を身に付けられるようにお手伝いができたらって」

核家族化や貧困、そして孤食。さまざまな事情で孤立している子どもたち。彼らが元気に食事をしたり遊んだり学んだりしながら人とふれあえる場所を提供する。それが子どもたちの生き抜く力につながっていく。

彼女の説明を聞きながら思い出したのは、実家の賑《にぎ》やかな食卓だった。お金がなくてもみんなで節約したり工夫したり、喧嘩をすることもたくさんあったけれど、私たちは助け合って生きてきた。

でも、そんなふうに助け合える環境や場所がない子どもたちもたくさんいる。

「悪かったな、食事中に」

一通り説明を聞いたあと、席に戻りながら言う壱弥さんに、私は顔を上げる。

「いえ、びっくりしました。居酒屋の個室を使ってこんな取り組みをしてるなんて」

先ほどもらったチラシに改めて目を落とす。内容はイベント開催のお知らせで中込用の二次元コードが載っている。参加費は無料で対象年齢は高校生までだ。

みんなでわいわい集まって笑いながらご飯を食べる。私にとってはあたり前で、賑やかというよりは騒がしいとすら思っていた食卓の風景。

「家族食堂」

ぼそっとこぼれた言葉に彼が振り返る。真顔で見つめられ、頬が熱くなった。変なことを口走ってしまった。

「や、家族の食卓をつくってるみたいだなって思って、つい」

「いいな、それ」

「え」

「たしかに、食事に困ってるのは子どもだけとは限らない。シングルファザーだとか、仕事が忙しい片親世帯が親子で食べにくる場所になったっていい」

席に着くなり、壱弥さんはカバンからタブレットを取り出した。

「都内の一店舗で始めるつもりだが、神谷事務所に協力してもらって子ども法律学習会を開くのもいいかもな」

頭の中でどんどん構想が膨らんでいるらしく、彼は食事中ということも忘れて夢中でタブレットを繰っている。

その真剣な表情に思わず笑ってしまった。本当に、ワーカホリックな人だな。

でも壱弥さんはいつも自分のためじゃなくて、誰かのために働いている。

小さな食品工場や後継者問題に喘ぐ会社に手を差し伸べ、今は子どもたちのために計画を練っている。それが経営のためだとしても、根本には大きな志がある。

「ああ、すまん」

私に気づいて端末を下ろす彼に、微笑みかける。

「いえ、いいんです」

思い出されるのは、私の実家で夕食を食べた日の彼の言葉だ。

——居心地、悪くなかった。

子ども食堂の活動は会社のPRのためかもしれない。でも彼は本気で子どもたちを支援しようとしている。もしかすると、孤独だった少年時代の自分自身に手を差し伸べるつもりで。

「私にもなにかお手伝いさせてください」

気づいたら口にしていた。壱弥さんが不思議そうに私を見る。

「食事作りでも、配膳スタッフでも、勉強はちょっと教えられないかもしれないけど……私もなにかやりたいです」


あなたが誰かのために仕事をするのなら、私はあなたの力になりたい。

そう強く思う自分に戸惑い、やがて納得する。

もうごまかせないところまで、私の気持ちは高まってしまったのだ。

私は、彼のそばにいたい。たとえ偽りの夫婦関係だとしても、公私ともに壱弥さんを支えていきたい。

内心の想いを隠すように見つめると、彼は驚いたように瞬きをして「そうか」と呟いた。

日本酒の猪口《ちょこ》を口に運ぶ顔は無表情で、なにを考えているのか読み取ることはできなかった。


頬にあたる風がいっそう冷たくなった十二月半ば。いつものように秘書アシスタントの仕事を終えて帰宅しようとすると、廊下で深水さんに呼び止められた。

「明日からしばらく仕事は休んでください」

「え、なぜですか」

深水さんはいつものように笑みを浮かべる。

「社長からのご命令です。最近忙しかったですしいい機会なのでゆっくりされては？外は寒いのでなるべくご自宅で過ごされるのがよいかと思います」

おすすめだというお取り寄せのカタログを私に渡すと、深水さんは「おつかれさまでした」と微笑んで社長室に戻っていく。

蟹《かに》やイクラ、ホタテなどの海鮮や国産A5ランクの和牛、さらにはお正月に向けてお節のお取り寄せ商品が載ったカタログに目を落とし、社長室に消える背中に目を戻す。

まるで家にいろと言われたみたいで釈然としないけれど、社長命令なら従わなければならない。

まあ、今夜本人に聞いてみればいいか。

最近の壱弥さんは遅くとも午後十時頃までには帰宅する。ベッドに入るのは午前〇時だけれど、私が先に寝るまでの間はふたりでリビングで過ごすことが多かった。

ソファにもたれてテレビを見ている私の横で彼はタブレットで調べ物をしたり、私がストレッチをしているときに読書をしていたり。同じ空間にいても基本的には別々のことをしているけれど、どちらからともなく観《み》はじめた映画をいつの間にか一緒に観ていることもある。

会話をしなくてもそばにいるだけで落ち着く、私のお気に入りの時間だ。

だから今日もその時間に話をしよう。そう思っていたのに、夜九時過ぎに帰宅した壱弥さんはひとりではなかった。

「秘書見習いの海野《うみの》だ。しばらくうちに滞在してもらう」

いつものように玄関前のサロンチェアにカバンを置いてジャケットを脱ぐ彼の隣に佇むのは、ショートカットの女性だった。ぴたりとしたパンツスーツ姿の彼女が、私を見て小さく会釈をする。

「海野です。しばらくお世話になります」

「滞在って、泊まるんですか」

「……ああ。秘書にはうちのことも把握してもらう必要がある」

たしかに深水さんは社長の自宅でわが物顔でお茶を淹れたり料理をしたりすることがあったけれど。

「ずいぶん急ですね」

「いろいろ事情があるんだ。ひかりは普段通りに過ごせばいい。海野、ついてこい」

私の視線を避けるように壱弥さんは彼女を連れて二階に上がっていく。私が最初に泊まったゲストルームを使ってもらうらしい。

なんだかすっきりしない。いくら仕事関係の人でも、妻に相談なく女性をすんなり自宅に上げるなんて。

ふたりが消えていった階段を見つめて寂しさを覚える。

彼の中で私は妻ではなく、やっぱりただの抱き枕にすぎないのかな。

シンクでコップを洗いながら足音も立てずに彼のうしろに続いていった秘書見習いの姿を思い返す。

年齢は二、三歳くらい上だろうか。ショートカットがよく似合う整った顔立ちで、笑みを絶やさない深水さんとは対照的にどこか冷たい雰囲気を放つ美人だった。

話がしたくてしばらくリビングで待っていたけれど、ふたりはなかなか下りてこない。結局その日、私が起きている間に壱弥さんがベッドに入ってくることはなかった。

翌朝、私が六時に起床すると彼女はすでに起きていた。というか、私が一階に下りたタイミングで玄関から外に出ようとしていた。昨日と同じくパンツスーツ姿の彼女は私に気がつくと「奥様、おはようございます」と小さく頭を下げる。

「おはようございます。こんな時間にお出かけですか？」

奥様と呼ばれるとまだくすぐったい気持ちになるけれど、彼女に対してはなぜか「ひかりと呼んでください」とは言えない。

すらりと背の高い彼女は私とほとんど目を合わさない。まるで最低限のコミュニケーションしか取らないと決めているみたいだ。

「ええ、少し散歩に」

短く返答し表に出ていく。それからしばらく彼女は戻ってこなかった。

「なんだか、不自然ですね」

朝食を食べながら呟くと、いつものように私の向かいの席でコーヒーを飲んでいた壱弥さんが目を上げる。

「海野か？　まあ、気にするな」

そう言われても。

せっかくふたりの暮らしに慣れてきて、あわよくばもっと距離を詰めたいと考えていたところなのに。急に見ず知らずの女性に出入りされて戸惑わないはずがない。

頭にチラついたのは、はじめてこの家に訪れた日のことだ。今と同じ席に座って、壱弥さんから『取引話』を聞いたとき。

──結婚したあとに、お互いに好きな人ができたら？

そう問いかけた私に、彼は言った。

──そのときは離婚届に判を押せばいい。

心臓がドクッと跳ねた。

まさか……ね。

わかりづらいとはいえ彼が海野さんに対して特別な感情を抱いているようには見えないし、彼女のほうも最低限の接触しかしていない気がする。少なくとも私が見ている前では。

考えているうちに不安になった。

そういえば昨夜はゲストルームでなにをしていたのだろう。ずいぶん長い間話し込んでいたみたいだった。

あまりにも突然だし、説明もろくにしてもらえないせいで余計な想像をしてしまう。深く聞き出そうとしても「仕事だから」と言われればそれ以上踏み込めない。

「じゃあ、行ってくる」

コーヒーを飲み終わった彼が席を立った。

「海野さんは？」

玄関を出ていった細い背中を思い出す。結局彼女はあれから帰ってきていない。

彼女は本当に秘書見習いですか？　本当は何者なんですか？　どうしてそばに置いてるんですか？

問い詰めたい気持ちを抑えて見つめる。

「もう出社したらしい」

「そう、ですか」

時計を気にしながら言う彼に、そう答えるしかなかった。

海野さんが来てから三日。秘書見習いだと言いながら、彼女の動きは深水さんとは全然違っていた。

いつもパンツスーツ姿で昼夜関係なく姿を現すけれど、私とはほとんど視線を合わさず鋭い目つきであたりを見回しながら携帯端末をチェックするばかりで、社長のサポートをしているようには見えない。

どうにも隙のない彼女には気軽に話しかけられず、家にいるのになかなか落ち着かなかった。

来週のクリスマスもこんな状態なのかな。

リビングでツリーを飾りつけながらため息がこぼれる。

オンラインショップで購入したクリスマスツリーは私の肩くらいの背丈があるけれど、ホワイトカラーだから白と黒を基調とした穂高邸のリビングによく馴染む。むしろ一体化してしまうくらいだ。

でもシンプルにゴールドのオーナメントボールを下げればちょうどよい存在感を放つ。

飾りつけていくうちに気持ちが少しだけ浮上する。こうやってツリーを見ていると実家で過ごしたクリスマスを思い出す。小さなもみの木だったけれど、みんなでわいわい飾りつけをして楽しかった。

壱弥さんはクリスマスに興味がなさそうだな。

でもイヴには久しぶりに私がご馳走を作るつもりだった。

一通りの飾りつけを終えて部屋全体を見回す。殺風景で季節感のなかったリビングに温かく優しい光が灯ったようだ。

本人のイメージからはかけ離れているものの、壱弥さんはきっと賑やかな雰囲気が嫌いじゃない。うちの実家も居心地がいいと言っていたし、子ども食堂の構想をしているときも楽しそうだった。だから、クリスマス仕様のリビングでパーティーっぽい食事を用意したら喜んでくれるかもしれない。

海野さんの存在は不可解だけれど、彼女は私の前では存在感を消しているし、どうせだったら賑やかな方がいいから参加してもらったっていい。

サプライズパーティーといきたいところだけど、忙しい彼にはいろいろ予定があるだろうからあらかじめ伝えておいた方がいいかな。

思いを巡らせている間に玄関の鍵を開ける音が聞こえた。ハッとして壁掛けの時計を見ると午後九時を過ぎている。

玄関からアーチ状のしきりを経て続いているリビングに私を見つけると、壱弥さんは足を止めた。

「おかえりなさい」

声をかけながら、傍らでかわいらしく佇むツリーをちらりと見る。

なにか言われるかな。勝手にやったことだから彼がどう反応するか想像がつかない。怒られることはないだろうけど、子どもっぽいとバカにされる可能性はある。素直じゃない彼はクリスマスパーティーの計画にも興味がない素振りをするだろうか。

「ひかり」

壱弥さんがどう反応するか楽しみにしていたら、彼はまっすぐ私を見た。

「はい」

「明日からしばらく、実家に帰ってくれ」

無表情のまま言われた言葉が、一瞬理解できなかった。

「……え?」

「身の回りのものだけ持ってあとは向こうで揃えればいい。必要があればここから送るように手配する」

ネクタイを緩めながら淡々と言う彼に慌てて駆け寄る。

「待ってください、そんな急に……どうしてですか」

「状況が変わったからだ」

「状況って? なにが起こってるんですか」

話の展開についていけず必死に問いかけるけれど、壱弥さんは私の目を見ないまま続ける。

「ゆっくり説明してる暇はない。とにかくおまえには実家に帰ってもらいたい」

「しばらくって……どれくらい?」

「まだわからない」

壱弥さんがちらりと後方を見やる。視線を追ってハッと息をのんだ。

玄関脇に海野さんが立っている。こちらには関心がないように横向きになり、スマホに目を落としている。

ついさっきまでクリスマス気分で浮き立っていた胸が、ぎゅうっとねじれた。鈍い痛みに唇を噛む。

彼女が自宅に出入りしているのに、私を実家に帰すの？

「……いや、です」

小さく答えると、壱弥さんの表情がわずかに曇った。

「どうして？　ちゃんと理由を説明してください」

困らせるとわかっていたけれど、聞き分けよくうなずくことはできなかった。

私を見下ろす端正な顔に感情は見えない。冷たくも温かくもない息をつき、彼は短く告げる。

「ダメだ。中途半端に話したら不安にさせる」

いつもはなんとなくわかる壱弥さんの表情が、今は全然読み取れない。

涙が滲みそうになって顔を伏せた。

秘書見習いの彼女は我関せずというふうにこちらを向かないけれど、きっとすべてを把握している。それなのに、妻の私にはなにも話してくれないの？

「私がこの家にいたら、邪魔なんですか？」

彼の眉根が寄って怪訝そうに見下ろされる。実家に帰れと言えば素直に従うと思っていたのかもしれない。当然だ。私たちは契約で結ばれた偽りの夫婦なのだから。

「私が、必要なくなったの？」

自分で口にした瞬間、悲しみが溢れ出した。

「ひかり」

肩を掴まれたけれど止まらなかった。子どもみたいにいやいやと首を振る。

「契約は終了ってこと？」

離婚届に判を押す——それはつまり、壱弥さんに好きな人ができたってことだ。

最初からわかっていた。利害が一致して始まった契約は、状況が変われば終わりを迎える。

そういう契約だったのだから、きちんと従わなければならない。

わかっていたのに、あまりに突然で、気持ちが追いつかない——

こらえきれずに涙がぼろぼろ頬を伝っていく。

「こんな急に、終わりなんて——」

「ひかり」

顎を持ち上げられ強引に上を向かされた。

次の瞬間、唇を塞がれる。

一瞬なにが起きているのかわからなかった。

近付いた壱弥さんの匂いに、彼の柔らかな唇に、心臓が弾ける。

「ん――」

頭を抱えられるようにキスをされ、思考が真っ白に染まった。合わさった感触に全身がしびれる。

触れるだけの優しいキスなのに、体が溶けそうだ。唇に感じる熱と直に感じる壱弥さんの匂いに、脳がびりびりと刺激されて足の力が抜ける。

やがて唇が離れた。

壱弥さんは苦しげに目をつぶり、呼吸を落ち着けるように深く息を吸う。彼を見上げる私も、呼吸が乱れていた。

久しぶりのキスに心臓が激しく高鳴る。その威力に改めて〝真逆の遺伝子〟を思った。少し触れただけで急激に高まってしまう気持ちを、きっと彼のほうも必死で落ち着けているのだろう。

壱弥さんがふうと息をつく。

抱きしめられそうなほどの距離で、彼はまっすぐ私を見下ろす。

「ちゃんと迎えに行く。だから少しの間、おとなしく待っててくれ」

「本当に……？」

見つめ返すと、彼は切れ長の目に真剣な光を宿して私の頭をぽんと叩く。

「信じてほしい。俺が嘘を言ったことがあるか？」

髪を撫でる優しい手の感触に乱れた気持ちがないで、静かに首を横に振った。

壱弥さんは常に誠実で、冗談や嘘を口にしたことはない。

さっきは悲しみでいっぱいになった心が驚くほどクリアになって、彼の言葉がすとんと胸に入ってくる。

「はい。あなたを待ってます」

うなずいた途端、抱きしめられた。シャツ越しに伝わる温もりにゆっくり目を閉じる。唇を介して直接感じた匂いとは違う、ふわりと漂う優しい香りに心が鎮まっていく。

冷静になればわかる。悲しいことなんかひとつもない。

壱弥さんの言う『事情』がなんなのかはわからないけれど、彼を信じて待てばいいのだ。

彼の温もりに抱かれていると、それはとても簡単なことに思えた。

口先だけの優しさではなく、これまで幾度となく感じられた誠意ある態度が、私に信じる力を与えてくれる。

大丈夫。壱弥さんは私を急に放り出したりしない――。

広い背中に手を回し、より深く彼の匂いを感じられるように、しっかりと腕に力を込めた。

翌日の午後一時。空港までは電車を使うつもりだったのに、壱弥さんが手配してくれたらしく、玄関を出るとハイヤーが待っていた。車の脇には見慣れたパンツスーツ姿の女性が立っている。

「奥様を安全にお送りするように、穂高社長から言いつかっております」

そういって隣に乗り込んできた海野さんは、やはり私と目を合わせようとしない。

車が発進してしばらくしても、車内には沈黙が漂っていた。重い空気に耐え切れず、天気や会社の話などの話題を振ってみたものの、彼女は「ええ」とか「はい」とか気のない返事をするばかりで、明らかに私と会話する気がなさそうだった。

気まずい……。

これならひとりでもよかったのに。どうせ実家に帰るだけなのだから。

無表情のまま前を見ている彼女の横顔をさりげなく覗き見る。もう少し愛想よく笑えばとっつきやすいのに。ああそうか、むしろ男性が際限なく近寄ってこないようにわざと不愛想にしているのかも。

勝手なことを考えているうちにハッとした。

そういえば昨夜、私は彼女に醜態をさらしていたのだ。夜九時にリビングで泣いて喚《わめ》いて、あげくキスをされてようやく落ち着いて……。いい大人が他人の前ですることじゃない。

おまけに昨晩は久しぶりに感じた壱弥さんの唇を何度も思い出してしまって全然眠れなかったのだ。ファーストキスでもないのに興奮して寝れないなんて、まるで中学生みたい。

こもった熱を逃がすようにマフラーを外していたら、ふいに海野さんが前方に身を乗り出して言った。

「どうされました？」

「え——？」

口を開きかけ、彼女の目が運転席に注がれていることに気づく。

「あ、いえ。うしろの車がさっきから変な動きをしていて。先に行かせようかと」

　車線を変更して減速する運転手に海野さんの顔が険しくなる。彼女はうしろを振り向くと厳しい口調で言った。

「減速しないで、あの信号を左に曲がってください。ウインカーは直前まで出さずに」

「海野さん？　いったいなにを」

　異様な雰囲気の彼女に手を伸ばそうとしたとき、車が左折した。次の瞬間、急停車をしてがくんと車体が揺れる。シートベルトが引っ張られ、腰に食い込んだ。フロントガラスを見ると前方にワゴン車が停《と》まっている。

「危ないなあ、こんなところに。お客様、すみません、大丈夫で——」

「車を出して！」

「え」

　海野さんの叫びに運転手さんと一緒にぎょっとする。

「いいから早く車を出して！」

「あ、は、はい」

「ちょ、海野さん？」

　運転手が慌ててハンドルを右に切る。けれど、反対車線の向こうから走ってきたセダンが横で停止して進路を塞がれてしまった。

「ちっ、読まれてた」

呟くや否や、彼女はすばやくシートベルトを外した。私のベルトも瞬時に外し、手を伸ばす。

「ひかりさん、こちらに早く！」

「え」

腕を引っ張られながら車外に出ようとした瞬間、前に停車したワゴン車からスーツ姿の大柄な男性がふたり出てきた。そちらに気を取られている間に、背後からいきなり声をかけられびくりとする。

「穂高ひかりさんですね？」

いつの間にか対向車線に停まっていた車からも人が降りてきていた。いずれも黒いスーツをまとった男性だ。

「一緒に来ていただけますか」

問答無用で手を掴みにくる威圧的な態度に胸の奥で警鐘が鳴る。すると私に手を伸ばした男性が苦しげに身をよじった。

「こっちです」

男性の腕をひねり上げた海野さんが私に手招きをして路地に駆け込んでいく。とっさにあとを追うと、背後で男性たちの慌てたような声が聞こえバタバタと足音がついてくる。

「ひかりさん、このまま突きあたりまで走って右に曲がってください。喫茶店があるのでそこに隠れて。仲間が来ます」

「なにが起きてるの？　あの人たちは」

「いいから全力で走って。我々は穂高社長のご命令であなたを警護しています」

「え、警護って――」

海野さんは立ち止まると、追いかけてきた大柄な男に足をかけた。つんのめって転がった巨体が路地に置いてあったゴミ箱にぶつかり派手な音を立てる。海野さんはさらに突っ込んでくる別の男をひらりと躱し、前のめりになった男の勢いを利用して投げ飛ばした。

「はやく！」

彼女の声にハッとし、止めかけていた足を動かす。

よくわからないけれど、彼らの目的は私らしい。たぶん、私が捕まると壱弥さんに迷惑がかかるのだ。

言われた通り全力で走る。けれど突きあたりまであと少しというところで聞こえた背後からの声に、思わず振り返った。

「止まってください、奥さん。この女性がどうなってもいいんですか?」

男がふたりがかりで海野さんを地面に押さえつけていた。その脇に立った小柄な男が声を張り上げる。

「なにか誤解されているようですが、私たちは御園の者です。あなたの義理のお兄様があなたに会いたがっています」

「御園……」

パッと思い浮かんだのは政治家の顔だ。記者会見でたくさんのマイクに向かって話している連民党の代表だった御園健治——壱弥さんのお父さん。

たしか長男が公設秘書をしていると深水さんが言っていた。壱弥さんの異母兄の御園徹。つまり私の義理の兄にあたる彼が、私に会いたがっている?

御園家と壱弥さんは縁が切れたとばかり思っていたけれど、今でもつながりがあるのだろうか。

「ダメです、ひかりさん」

海野さんの声にハッとする。そうだ。会いたいなら普通に会いにくればいいのに、こんなやり方をするなんてなにかがおかしい。

「彼女を離してください」

「ええ、解放しましょう。あなたが我々と来てくれるならね」

身構える私を見て、小柄な男性は両手を振ってみせた。

「安心してください。おとなしくついてきてくれれば、あなたにもこの女性にも危害は加えません。さあ、どうしますか？」

うめき声が聞こえた。海野さんを押さえつけている大柄な男が彼女の腕を踏みつけている。

「そのままお逃げになってもいいですけど、この女性の腕は折れますよ」

「やめて！　わかりましたから」

悲痛な顔をしている海野さんに微笑みかける。

「大丈夫。危害は加えないと言ってるし。そうですよね？」

「ええ、約束します」

小柄な男に「さあこちらへ」と誘導され、私はひとりセダンの後部座席に乗り込んだ。

連れてこられたのは都内でも有数の高級住宅街。高台のてっぺんにそびえた洋館は、レンガ造りの塀に囲まれた門を車ごと抜けて進んだ先にあった。

「こちらへどうぞ」

通された広間にはアンティーク家具と革張りの大きなソファ、そして中庭を望むガラス窓を真ん中で仕切るように暖炉が設置されている。

オレンジ色の炎が灯る暖炉の正面にひとり掛けソファがあり、座っていた四十代くらいの男性が立ち上がった。

「ようこそ。御園徹です。弟の奥さんに会えるなんてうれしいよ」

にこやかに笑うその人は、長身の壱弥さんよりずいぶん小柄で、凹凸のはっきりした彼とは対照的にのっぺりした顔立ちをしている。本当に異母兄なのだろうかと不思議に思うほど、目の前の男性には壱弥さんとの共通点がなかった。

「……穂高ひかりです」

握手を求められて応じるとソファを勧められ、浅く腰かける。

「それにしても驚きました。あの壱弥が結婚したなんてね」

徹さんが話しはじめると、エプロン姿の女性が現れてテーブルに紅茶と焼き菓子を置いていった。

車で追跡されたり、路地で追いかけられたり、そういった出来事が全部なかったみたいなごく普通の接し方に、かえって戸惑う。

「あの、私になんの御用でしょうか」

とにかく用件を済ませて早く立ち去った方がいい。私がここにいることはきっと壱弥さんの利益にならない。

そう思って口火を切ったのに、徹さんは無反応だった。

「あいつはちっともここに顔を出さなくてね。昔散々かわいがってやったのに」

「あの」

「他人には関心がないとばかり思ってたから、まさか結婚するなんてね」

「あのう」

「あんな冷徹なやつと結婚しようという人間の気も知れないけど」

ダメだ、全然会話にならない。まるで私の声が聞こえていないみたいだ。

そもそもこの人はどこを見ているのだろう。さっきから目が合っているはずなのに、穴倉を覗いてるみたいに手ごたえがない。にこやかに笑ってはいるけれど、瞬きの少ない瞳は瞳孔でも開いているみたいに真っ黒だ。

「見てくれだけはいいから騙される女が多いんだろうけど、所詮どろぼう猫の血が混ざったまがい物だしな」

なにげにひどいことを言っているし、目の前にいる私のことも遠回しに侮辱しているし、壱弥さんとの関係性はやっぱりよくなさそうだ。

「最近あいつ、よく眠れるようになったんだって？」

「え」

ふいに目線が合わさってぎくりとした。ブラックホールのような底なしの漆黒を思わせる瞳に、居心地が悪くなる。

「寝不足だったのに、結婚してから元気だとか。君のせいだって？」

「ええと」

質問の意図がいまいちわからず返事に窮していると、徹さんはソファを立って近付いてきた。

「なに？　夜伽でもしてるわけ？　俺にもしてみてよ」

ふいに腕を掴まれてゾッとした。

「やめてください」

慌てて手を引くと、徹さんは「はは」と笑って暖炉の前に戻っていく。

「冗談だよ」

「……なにがしたいんですか？」

「べつに。なにもしませんよ。あなたはただの餌です」

「はは、到着したようです。効果てき面だなあ。よっぽどうまい餌なんだね、あなたは」

ポケットから取り出したスマホの画面を見ると、彼は楽しそうに笑った。

敬語が外れたかと思えば丁寧な口調に戻ったり、年齢に不釣り合いな少年みたいな笑い方をしたり、読めない言動が空恐ろしい。

固まっていると玄関のほうが騒がしくなり、やがて扉が開いて長身の男性が入ってきた。

「ひかり！」

「壱弥さん」

リビングに現れた彼は私を見つけるとホッと安堵《あんど》したように息をついた。

「無事か？　なにかされてないか」

「人聞きが悪いなぁ。なにもしてないよ。まだね」

暖炉前のソファに腰かけたまま、徹さんは指を鳴らした。次の瞬間、部屋に数人の男性がなだれ込んできて私と壱弥さんの間に立ちはだかる。その中のひとりが私の腕を掴み、強引に暖炉前──徹さんの背後に連れていかれた。

「ひかり！」

「おっと、動くなよ壱弥。大事な奥さんの顔に傷がついたら困るだろ」

私を振り返ることなく徹さんは冷淡に口にする。その言葉を体現するように、私を羽交い絞めにした男は鈍く光る刃物を私の頬に突きつけた。

壱弥さんは動きを止め、異母兄に鋭い眼光を向ける。

「……なにが望みだ」

「親父の望みと俺の望みで食い違ってるんだよなぁ。壱弥がどっちを取るかだな」

サイドテーブルの紅茶をソーサごと持ち上げて優雅にお茶を飲む徹さんに、壱弥さんは低い声で詰め寄る。

「なぜこんな真似《まね》を？　彼女は関係ないだろ」

「おまえが再三の呼びかけにも応じないから、奥さんのほうにご来訪いただいたまでだ。親父から使いが行ってただろ」

「俺には話すことなどない」

短く吐き捨てる壱弥さんに、徹さんは語気を強める。

「俺だっておまえと話なんかしたくないよ。けど親父の言葉は絶対だ。知ってるだろ」

苦々しい顔の異母兄を見る壱弥さんの目は冷たい。そんな視線にかまわず徹さんは上品な仕草で紅茶を置いた。

「さて本題だ。親父はおまえを後継者にしたいと望んでいる。まあ正確に言うと俺とふたりで後継者だな。つまりは兄弟仲良く手を取り合って御園を繁栄させろと言ってるわけだ」

「冗談じゃない。俺を追い出したのはおまえたちだろう。なにを今さら」

壱弥さんが冷たく言うと、徹さんは欧米人のように肩をすくめてみせた。

「ごもっとも。俺もおまえに戻ってきてほしいなんて思ってないよ。だが親父は違う。あの人は使えるものはなんでも使うのさ。実業家として成功してビジネス雑誌に掲載される程度に知名度があり、見てくれもいい。そんなおまえは広告塔としてちょうどいいんだろ」

自身の父親でありこの邸宅の主人でもある御園健治に対して、なにか含むところがありそうな物言いだった。苦々しく唇をゆがめ、徹さんは言葉を続ける。

「ところがだ。俺はおまえと仲良く政治活動をするなんてまっぴらなんだ。血統書付きの俺と卑しいおまえとじゃ二人三脚なんてできないだろ」

「そうあいつに言えばいいだろう」

「言ったところで、はいそうですかとうなずくような相手じゃない。わかってるだろ」

異母兄が声を尖らせても、壱弥さんは表情を変えない。

「俺にどうしろと？」

「まず、おまえの意志を聞こう、壱弥。おまえは社長を退任して政治の道に進む気はあるのか？」

徹さんから問われ、彼は目を逸らさないままはっきり口にする。

「俺はこの家とは関係ない。後継者になるつもりもないし、政治の道に進む気もない」

「それはなによりだ。だがそれだけじゃ親父は納得しない。今後もおまえを獲得しようとあの手この手でおまえに接触するだろう」

そう言って、義兄はちらりと私を振り返る。

「これまでおまえには隙がなかった。なのにまさか、結婚して自ら弱点をつくるとは思ってなかったよ。配偶者を盾に取られたら、重要な仕事もほっぽり出して駆けつけるんだろ」

さっと血の気が引いた。自分の存在が壱弥さんの邪魔になるなんて思ってもいなかった。壱弥さんは相変わらず異母兄に冷えた視線を注いでいる。

「……なにが言いたい」

「親父を甘く見ないことだ。あの人は目的のためならなんだってやる。二十四時間三百六十五日、警備をつける生活なんて息苦しいよな？　だとしたら、手段はひとつしかない」

徹さんが話し終わる前に、壱弥さんは静かに言った。

「相続を放棄する。ついでに絶縁状も書いてやる」

「あはは！　話が早くて助かるよ」

急にお湯が沸騰したような笑い声をあげ、徹さんは私をここまで案内した小柄な男に命じて書類を用意させた。

「相続放棄の誓約書と絶縁状だ。壱弥、おまえは今後一切この家に関わらない。御園の人間に会わない。それでいいな？」

「わかっている。おまえたちも、金輪際、俺や彼女の前に現れるな」

「もちろんだとも」

少年のように笑う徹さんを一瞥し、壱弥さんは書類に目を通してからサインをした。

「しかし変わったなおまえ。復讐心でこの家を陥れようとしてたんじゃなかったのか。結婚して丸くなったか」

「そんなつまらないことに時間を割けるほど暇じゃないんでね」

ソファから立った壱弥さんが私に歩み寄ろうとした瞬間、男たちが彼を取り囲んだ。

「悪いな壱弥。もうひとつ、俺の望みを叶えてくれないか」

徹さんが立ちあがり、いまだ腕を掴まれて拘束されている私に近付いてくる。うっすら笑みを浮かべる義兄に背筋を冷たいものが下りていった。

「俺はおまえが大嫌いなんだ。だからおまえが傷ついてる様が見たい」

「徹、おまえ……」

壱弥さんの眉間にこれまで見たことのない深いしわが刻まれた。彼の異母兄は私の傍らに立つと髪に指を差し込んできた。

「おまえはこの女がよっぽど大事らしい。俺が傷物にしたら、おまえはどんな顔をする？」

「ふざけるな！」

こちらに来ようとした壱弥さんを、男たちが捕らえる。切れ長の目に怒りの炎が灯るのを見ながら、私は動けなかった。徹さんの息遣いを真正面から感じ背筋が粟立つ。

「よく見たら、まあまあの顔立ちをしてるじゃないか」

髪をぐいっと引っ張られ、上を向かされた。徹さんののっぺりとした顔が近付いたとき、バンッと音を立ててリビングの扉が開かれた。

「警察だ！　動くな！」

そう言って現れたのは、見慣れたメタルフレームの眼鏡をかけた深水さんだった。

すかさず壱弥さんの怒号が飛ぶ。

「深水、遅い！」

「申し訳ございません。道路が混んでおりまして」

深水さんと一緒に部屋に数人の男女が飛び込んでくる。そのうちのひとりが海野さんだということに気づいたときには、御園邸の男たちが制圧されていた。

自由になった壱弥さんが一直線に私のもとへ駆けてくる。異母兄の襟ぐりを掴んで引きはがすと見たことのない険しい形相で睨みつけた。

「汚い手で俺の妻に触るな！」

尻もちをついた徹さんを威圧的に見下ろしてから、彼は私を横抱きに抱え上げた。

「帰るぞ、ひかり」

毅然と足を踏み出す壱弥さんに抱えられたまま御園家のリビングを出て長い廊下を進んでいると、後方から深水さんが駆けてきた。彼が海野さんらとリビングに踏み込んできた様子を思い出し、壱弥さんに目を戻す。

「警察を呼んでたんですか？」

彼の首にしがみつきながら問うと、壱弥さんは思いがけないことを口にした。

「いや、あれはセキュリティ会社のやつらだ」

「え、でも警察って……」

「ふふふ、一度言ってみたかったんですよ。いかがでしたか？　私の雄姿は」

私たちの斜めうしろを歩きながら曲者の秘書が含み笑いをする。

「じゃあ、嘘……？」

「徹がおまえを傷つけようとした時点で立派な犯罪だが、実際に呼ぶといろいろ面倒だからな。あいつも警察沙汰にはしたくはないはずだし誓約書と絶縁状がある限り、わざわざ追ってはこない」

壱弥さんの言葉を聞きながら玄関を出ると、車寄せにタクシーが停まっていた。

「こっちだ」と手招きする彼に続いてタクシーに乗り込む。てっきり助手席に乗るのだとばかり思っていた深水さんは、緊迫した状況でも笑みを絶やさずに言った。

「私はセキュリティ会社の方たちと戻ります。奥様、お気をつけて」

タクシーが走り出し、御園邸の敷地を抜けていく。窓の外を見ていたら右手を取られた。ごつごつした大きな手でしっかり私の手を握りしめながら、壱弥さんは今回起きた事の顛末《てんまつ》を話してくれた。

縁を切ったつもりでいた父親から接触があったこと。二十代で起業し東証一部上場を果たした手腕を見込まれ、会社を譲渡し御園健治の後継者として父親のもとで働くように打診があったこと。断り続けていたら強硬手段に出ると言われ私に警護をつけたこと。

「それじゃあ、実家に帰るように言ったのは……」

「うちにいるより実家にいたほうが安全だと思ったんだ。手を出そうにも物理的に距離があるし人目も多いしな」

どうにも秘書らしくないと思っていたら、海野さんはセキュリティ会社から派遣されてきたボディガードだったらしい。いかにもといった屈強な男性が家に出入りすると落ち着かないから女性のガードを依頼した、と壱弥さんは告げた。

すべては私を無駄に不安にさせないため。

「だが、まさかあそこまでするとは……怖い思いをさせてすまなかった」

徹さんにとっては、壱弥さんが後継者の話を断ることも相続を放棄することも、すべて好都合らしい。だからといって自身の権利を易々と手放してしまうなんて。

「よかったんですか？　誓約書なんか書いて」

日が落ちかけて車内は薄暗い。隣に座った壱弥さんは視線だけよこすとふっと吐息を漏らした。

「生前の相続放棄の念書に法的な効果はない」

「え」

「まあ、もともとあの家の財産に興味なんかなかったけどな」

つまらなそうに呟きながら、壱弥さんは握った手に力を込めた。大きな手が私の冷えた指を温めるように一本ずつなぞっていく。手の形を確かめるような丹念な触り方に鼓動が速くなった。

彼はこのあと仕事に戻るのに、自宅に着くとわざわざ私と一緒にタクシーを降りてくれた。

この三カ月ですっかり見慣れた扉を壱弥さんがゆっくり開く。車が一台停まれそうなほど広い白壁の玄関。マーブル模様が美しい大理石の床。二階まで吹き抜けになった天井でクリスタルを輝かせるシャンデリア。それを見上げてようやくほっと息をついた瞬間、急に右手が震え出した。

「え、なに……」

小刻みに揺れる手を反対の手で掴んで胸に押しつける。心を落ち着けようと深呼吸をしても震えは収まらない。それどころかひどくなっていく。

自分で制御できずに焦っていると、背後からいきなり抱きしめられた。

「ひかり」

壱弥さんの匂いが鼻腔に広がって体が緩んでいく。

「怖かったよな。無事でよかった。本当に」

くぐもった声が落ちてきたと思ったら前を向かされ、正面から広い胸に閉じ込められた。力強い抱擁に息が苦しくなる。

「壱弥、さん」

「ああ、悪い」

体を離すと今度は手を取られた。そっと誘導され壱弥さんの顔に近付く。まるで大切なものを愛《め》でるみたいに目をつぶり、彼は私の手の甲に頬を寄せた。

「おまえになにかあったら、俺は平静でいられない」

常に無感情な彼の目が切なげに揺らいで、心臓が大きな音を立てた。いつもクールで口数が少ない壱弥さんは、なにを考えているのかわかりづらい。それなのに今、彼は自分の気持ちを言葉にしている。

「海野からおまえを奪われたと連絡が入ってから、生きた心地がしなかった」

苦しげに言う姿が胸に迫って、涙が込み上げた。普段感情を顕わにしない人間の吐露は、こちらの気持ちを一瞬で掴むほど威力がある。

「でも、私はただの契約妻で……」

口にしながら涙がこぼれていった。

本気で好きになってはいけない相手から大切に扱われることほど苦しいことがあるだろうか。

そんな私をまっすぐ見下ろして、壱弥さんは言った。

「俺はおまえを手放すつもりはない」

「え……」

「本当の夫婦になって、ずっと一緒にいてほしい」

「でも、壱弥さん、あの夜以来、私に触れないじゃないですか。てっきり私があなたを好きになっちゃったから、これ以上のめり込ませないようにしてるのかと」

切れ長の目が見開いて、私はハッとした。あわてて自分の口を押さえる。勢いあまって告白してどうする。

「今の、忘れてください」

目を逸らしながら言うと、すぐに低い声が落ちた。

「忘れない」

「壱弥さん」

こんなときまで素直じゃない発言をするのかと思ったら、彼は真剣な眼差しを注いできた。

「俺もおまえが好きだ」

はっきりした言葉に胸がギュッと締まる。

「夫婦生活がなかったのは、無理をさせたくないからだ。匂いのせいでどうしても制御できないから……あの夜だって、つらかっただろ？　それに、あれ以上ひかりの気持ちを無視して体を重ねることはしたくなかった」

まっすぐ見つめられ、頬を涙が伝っていく。

それじゃあ、手を出さなかったのは、私のため？

彼の自分を責めるような言葉に、私は首を振った。

「つらくなかったし、嫌じゃなかったです。むしろ……もっと触れてほしい」

見上げると、彼は切なそうに眉を歪めた。

「ひかり……」

両肩を掴まれ端正な顔がゆっくり近付いてくる。唇が触れそうな距離になって、彼はふいに顔を離した。

「ダメだ。これ以上したら、仕事に戻れなくなる」

キスの代わりにもう一度きつく私を抱きしめてから、壱弥さんは玄関の扉を開けた。

振り返った顔には苦々しい表情が浮かんでいる。

「さんざん俺を煽った代償は払ってもらうからな」

バタンと音を立てて閉じた扉を見つめながら、私はずるずるとその場にへたり込んだ。


頬にあたる冷たい空気に首をすぼめる。日が落ちて気温が一層下がったけれど、商店街通りにはクリスマスソングが流れ、行き交う人の表情はどこか明るい。

街中が浮足立って見えるクリスマスイヴ。買い物袋を握りしめてそそくさと家路を急いだ。

クリスマスツリーは飾ったけれど、せっかくだからリビングをもう少し装飾したいし、パーティーメニューの盛りつけもしなくては。

今日はいつものように午後九時くらいの帰宅になると言っていた壱弥さんは想像通りクリスマスにあまり関心がないらしい。リビングのツリーには気づいてくれたけれど「もうそんな時期か」と呟いただけだった。

聞くところによると毎年社員にクリスマスプレゼントとしてプチケーキを差し入れしているらしい。といってもすべて深水さんに任せているそうで、どんなケーキを買っているかも知らないのだとか。

微笑みを絶やさないおちゃめな社長秘書を思い浮かべる。深水さんのことだから壱弥さんのイメージとはかけ離れたかわいいケーキを手配していそうだな。

くすくす笑いながらサーモンとカマンベールチーズを角切りにしていく。ミニパイの土台にモンブランのように盛りつけたグリーンポテトサラダに張りつけ、てっぺんに星形のパプリカを飾ればミニクリスマスツリーの完成だ。

リビングに運んでセンターテーブルに並んだ料理を眺める。丸皿にリースに見立てて盛ったサラダとイカと玉ねぎのマリネ、サバとクリームチーズのパテに卵入りのミートローフ。

「ちょっと作りすぎたかな……」

クリスマスの準備をするのは実家にいたとき以来だ。弟たちがうれしそうに食べてくれる様子を想像しながら料理をする——私にとって至福の時間だった。

目の前に並んだ料理を見下ろしながら苦笑する。

久しぶりのクリスマスパーティーを楽しみにしているのは私のほうかもしれない。

デザートの準備やらリビングのセッティングやらをして息抜きにテレビをつける。ニュース番組で取り上げられていたのは、今朝から世間を騒がせている政治家の汚職疑惑だった。

昨日、連民党の重鎮《じゅうちん》である御園健治の資金管理団体に不透明な支出があると週刊誌や新聞各社が一斉に報じたのだ。収支報告書の収入が過少記載された疑いがあるらしく、その資金管理団体の会計責任者が秘書の御園徹だった。

テレビ画面を見ながら、実際に目のあたりにしたのっぺりした顔を思い出す。壱弥さんとは似ても似つかなかった義兄。御園邸をあとにして以降、こちらに接触してくることはなかったのに、こんな形で彼の姿を目にすることになるなんて。

報道によると、近く御園徹宅やその関係先が政治資金規正法違反の疑いで家宅捜索を受けるだろうとのことだった。その父親である御園健治は自らの関与を否定しているらしいけれど、今後政治家としての責任は問われるのだろう。

実の父親と異母兄の汚職報道を見ても壱弥さんが顔色を変えることはなかった。むしろいつも以上に冷淡な目で報道陣に囲まれる彼らを見つめていた。

今朝の彼の様子を思い出しながらニュースを眺めていたら、あっという間に午後九時を迎えた。

玄関のほうから音が聞こえて急いでエプロンを脱ぎ、廊下の鏡で簡単に全身をチェックする。今日は一番気に入っているワンピースを着て髪も丁寧に巻き普段より着飾ってみた。

「おかえりなさい」

手早く身支度を整えて出迎えると、壱弥さんは一瞬まばたきをした。

「……ただいま」

いつものように玄関脇のサロンチェアにカバンを置いてコートを脱ぐ彼の背中を見ながらふと思う。

そういえば『おかえり』と言って私が玄関まで出迎えるのも、彼が『ただいま』と応じるのもはじめてかもしれない。

夫婦ならあたり前の言動なのになんだかくすぐったい。

にやけそうになる頬をこらえていると、リビングを通りかかった彼が足を止めた。

ガーランドやウォールステッカー、バルーンを余すところなく使って飾りつけたリビングは大人のしっとりした雰囲気からは程遠く、子どものクリスマス会のように賑やかになってしまった。ぎりぎり統一感は保っているけれど、静謐《せいひつ》な穂高邸からは浮いているかもしれない。

「すごいな。全部ひとりでやったのか」

好みにそぐわないかな、と心配していたけれど、杞憂《きゆう》だったようだ。彼はしげしげと飾りを眺め、やがてテーブルに置かれた食事に気づいた。

「クリスマスパーティーか。しかしすごい量だな」

「つい興が乗っちゃって」

呆れたような物言いだけれど、私は見逃さない。彼の瞳がきらめいているのを。

「こういうの、意外と好きですよね？」

見上げると、壱弥さんはばつが悪そうに表情を消して呟いた。

「嫌いじゃない」

予想的中の返答に笑みがこぼれてしまった。

いつものダイニングではなくリビングのソファ前にふたりで座り込んでセンターテーブルで食事をする。お行儀がいいとは言えないけれど、なかなか楽しかった。なにより壱弥さんの砕けた姿を見られるのが新鮮だ。

彼はいつも折り目正しくてこちらが気を抜けないから、たまにこうやって絨毯に直に座ってる姿を眺めるのも悪くない。

「やっぱり多かったですね。残しちゃってください。お昼に食べるので」

「料理、好きなんだな」

普段はハウスキーパーさんが作ってくれるから私が手料理を振舞う機会はほとんどなかったけれど、どうやらお気に召してくれたらしい。

「昔から弟たちに作ってたので」

「そういや特技だったっけか」

大量の料理を短時間で効率的に作ること。

履歴書にダメ元で書いたアピールポイントを諳《そら》んじられて顔が熱くなる。

「覚えてたんですか」

ほかに書ける特技がなかったから仕方ないとはいえ、就職活動用の履歴書に書く内容じゃない。

「忘れてください、今すぐ」

「ぴったりの特技だと思うが」

そう言って、彼は私に書類束を差し出した。十数枚の綴りになっているそれを受け取って表紙の文字を読み上げる。

「『かぞく食堂』プロジェクト」

先月行った居酒屋を思い出した。個室を利用した子ども食堂の見学。あのときの壱弥さんを見て彼にますます好感をもったのだ。

「基本的に運営はボランティアで賄うから、その手伝いという形になるが……やってみるか？」

企画書のページをめくってみる。ボランティアの活動内容は食事作りや配膳、子どもたちの話し相手や学習支援など多岐にわたる。イベント企画や食材調達なんかの裏方仕事もあるらしい。

子どもたちの笑顔が咲き乱れるイメージ写真が載ったページを開いたまま、体が震えた。

「やりたい……やってみたいです」

考えただけでわくわくする。

私の返事がわかっていたように、壱弥さんは優しげに眉を下げた。

「そうか」

「はい。やっぱり、一日中この広い家にひとりでいると罪悪感が湧くというか、寂しいですし」

そう言うと、彼は私をまっすぐ見てぼそりと呟く。

「じゃあ、つくるか」

「なにをですか？」

「家族」

「え……」

おもむろに立ち上がると、壱弥さんは玄関脇のサロンチェアのところへ行き、ビジネスバッグからなにやら取り出して戻ってきた。その手には紺色の小さな箱が握られている。

「クリスマスプレゼントだ」

差し出された小さな箱を受け取って、おそるおそるリボンをほどいた。中から出てきた見覚えのあるケースに、胸が高鳴る。

いつかもらった婚約指輪と同じドーム型のケースを開いた瞬間、目の中できらきらと光が弾けた。

「これって……」

全周にダイヤモンドが留められながらも緩やかなカーブを描いた上品なデザインのリングが台座に収まっている。

「結婚指輪だ」

ケースには女性用と男性用の両方のリングが入っていた。華やかな女性用に比べて男性用のはシンプルなつくりになっている。

「ひかりに似合いそうだと思ったんだが……自分で選んだ方がよかったか？」

固まっている私を見て心配そうに言う彼に、慌てて首を振った。

「いえ！　かわいいです！　うれしいです！」

クリスマスプレゼントなんて期待してなかったし、結婚指輪のことなんてそもそも忘れていた。あまりにも予想外で思考が追いつかない代わりに感情が溢れそうになる。

「すみません、びっくりして。私にはもったいないくらいです」

涙腺が緩みそうになって必死にこらえていると、そっと手を取られた。

「……限界だ」

「え？」

私をまっすぐ見て、壱弥さんは言う。

「この間言ったよな。さんざん俺を煽った代償を払ってもらう」

「ひゃっ」

いきなり足元が浮いた。私を横抱きにして壱弥さんはリビングを抜けていく。一直線に前を向く彼の目元は、熱に浮かされたみたいに赤らんでいる。

彼は私を抱えたまま階段を上り、寝室の扉をくぐった。ベッドにそっと下ろされた瞬間、唇を塞がれる。

最初は軽いキスだった。唇をついばむように吸われ、柔らかさを確かめるようになぞられる。それだけでも体が熱くなるのに、壱弥さんはしばらくすると唇を割って入ってきた。

「んん」

粘膜に直に受ける刺激は強烈だ。あまりに気持ちよくて、声が勝手に漏れてしまう。至近距離に感じる壱弥さんの吐息や熱や舌の動き。ひとつひとつが私の体温を上昇させていく。

お互いの匂いが混じり合い、濃密な媚薬《びやく》になっていた。ほんの少しの触れ合いで全身がぞくぞくと震えてしまう。

「やっ、熱い」

キスをして服の上から体を触られるだけであちこち火がついたように火照《ほて》る。身をよじる私に優しくキスをしながら、彼はワンピースのボタンをはずしていく。

顕わになった下着に手をかけられ、露出した胸に吸いつかれた。激しい快感が突き抜けてビクンと体が跳ねる。

「待っ、んん！」

止《や》まない舌の動きに頭が真っ白になっていく。

「ひかり、もっと乱れて」

着ていたものをすべて剥《は》ぎ取られ、体の至るところを容赦なく責め立てられた。壱弥さんの艶《なま》めかしい吐息でどうにかなってしまいそうだ。

前回もそうだったけれど、壱弥さんとの行為は私の知っている性交渉とは一線を画す。真逆の遺伝子のせいなのか、それとも壱弥さんのテクニックによるものなのかはわからない。

ただ、彼の上気した顔を見るだけで私もひどく興奮してしまうのだ。

「壱弥さん」

私に覆いかぶさる彼をまっすぐ見上げる。揺り動かされながら、たまらず口にした。

「好きです」

一瞬驚いたように瞬きをしてから、壱弥さんは目を細めた。

「俺も、おまえが愛しい」

激しい快楽には波があった。とろけるほど甘いかと思えば、びりびりしびれてなにも考えられなくなる。体が痙攣《けいれん》してふたりで脱力しても疲れがあとを引かずすぐにまた気持ちが昂《たかぶ》る。

途切れることのない情欲にかき立てられ、私たちは何度もつながった。それはずっと探し続けていた半身に出会ったみたいに、心も体も喜びに満ち溢れる時間だった。

一晩中抱き合ったあと、気絶するように眠りに落ちた翌朝。覚醒寸前の浅いまどろみの中にいると、ふいに唇になにかが触れた。

「おはよう」

目の前に壱弥さんの顔を見つけ、一気に目が覚める。

「お、おはよ、ございます」

起き抜けにこんなにも整った顔と目を合わすのは心臓に悪い。たとえるなら暗闇に閉じ込められた直後に太陽を見せられたような、強すぎる刺激に目が眩《くら》む。

「ま、眩しいです」

顔を逸らすと「どういう意味だ」と顎を掴まれ振り向かされた。

至近距離で見つめられ心臓が騒ぐ。

「見ないでください」

顔も洗ってないし、髪もぐちゃぐちゃだし、起床直後の姿なんて見せられたものじゃない。

手で顔を隠そうとすると両手を掴まれてしまった。身動きが取れないまま唇が合わさる。固まる私を見下ろし、壱弥さんはいたずらっぽく口角を上げた。

「なにを今さら」

たしかに、これまで毎日同じベッドで寝て、寝起きの姿も晒してきた。間抜けな寝顔だって見られている。

「それでも、恥ずかしいんです」

視線から逃れるように俯くとまたキスをされた。

「ちょ、壱弥さ、ん」

唇から耳をなぞられ、くすぐったさに体をひねる。

「や、起きたばっかなのに」

「家族をつくらないといけないしな」

「家族って……」

本気なのか冗談なのか。戸惑う私をよそに彼は真面目な顔で続ける。

「ひかりの実家みたいに五人くらいいてもいいな」

「え、えええ」

あちこちにキスをされ、布団の下の裸のままの体に手を回される。逃れようとしても大きな体に簡単に掴まってしまった。

表情が変化しづらい端正な顔に、不敵な笑みが浮かぶ。

「しばらく寝られないかもな」

「それは本末転倒……」

唇を塞がれ、最後まで言いきることができなかった。

エピローグ

晴れやかな五月の第二土曜日。窓の外に目を向ければ街路樹を覆う新緑が風に揺れている。

「うんうん、絶好のお天気」

鼻歌を歌いながら厨房でキャベツをみじん切りにしていると、背後から声をかけられた。

「ひかりさん、そろそろ時間じゃないですか？　遅れますよ」

「うん、これ終わったら出るね」

エプロンをかけた大学生ボランティアのみなみちゃんが時計を見上げて眉をひそめる。

「ていうか、いくら今日がイベントだからって、ひかりさんが来るとか、ちょっと信じられないです」

「えへへごめんね、早くに目が覚めちゃって。なにかしてないと落ち着かなくて」

子どもたちが作る餃子《ギョウザ》のタネの仕込みを終えてエプロンを外すと、みなみちゃんがひったくるようにしてエプロンを奪い、お店の出入り口を開けてくれた。

「ほら、もうタクシー待ってますよ」

「ありがとう。行ってきます！」

タクシーに乗り込んでから手を振る。手を振り返してくれるみなみちゃんが立っているのは、白抜き文字で『きさらぎ食堂』と書かれた赤い看板の前だ。

きさらぎ食堂はオフィス街に軒を連ねる炊き立てご飯を売りにした定食屋だ。かぞく食堂はその一角を利用して活動している。今日はお店の定休日を利用して『餃子づくり体験』を行うのだ。

かぞく食堂が開かれてから、私はボランティアに交じって食事作りや配膳の手伝いに参加していた。秘書アシスタントの仕事は壱弥さんのことを知るために期間限定でやっていたことだけれど、かぞく食堂の活動は私にとってやりがいに満ちていて毎日がとても充実していた。今日みたいな特別な日ですら手伝いに来てしまうくらい、私にとってなくてはならない場所になりつつある。

でも、あんまり無理しちゃいけないな。

車窓を流れる景色を眺めながら、なんともいえない幸福感が込み上げて目を閉じた。

気がつくとタクシーは会場に到着していた。慌てて支払いを済ませ、会場スタッフに案内されるままドレスアップとヘアメイクを終える。

着飾った私を見た壱弥さんが無表情なのは想定の範囲内だった。わずかに眉を下げ口角を上げてくれただけでも大きな変化だ。

わかる人にしかわからない優しい表情に胸がいっぱいになる。むしろ同じように支度を済ませた壱弥さんのほうがどこぞの王子様かと思うほど美しかった。

そんなふうに眉目秀麗で何事にも動じない彼に、私は一世一代の大勝負を仕掛けるつもりだった。

その名も、壱弥さんの無表情を崩す大作戦！

勝負は挙式のあとだ。中庭でゲストに祝福の花びらを撒《ま》いてもらうセレモニーの直前を狙う。

挙式は私の家族とカナリヤ亭の修造さんとリサさん、壱弥さんの知人数名と深水さんが参列するこぢんまりとしたものだったけれど、温かくて幸せな時間だった。そしていよいよフラワーシャワーの舞台に上がる。

正面には閉じられたアーチ状のドアがある。この向こうにみんながカメラを持って待ち構えている。さっきちらりと見たけれど、深水さんはプロカメラマン並みの望遠レンズ対応カメラを構えていて笑ってしまった。

壱弥さんと並んで立ち、彼の腕に手を添える。反対の手には壱弥さんの胸ポケットのブートニアと私のヘッドドレスとおそろいの、パープルの色合いが優しいグラデーションブーケを持った。

「扉開けます！」

会場スタッフの合図が聞こえ、扉がゆっくり口を開けていく。差し込む光から壱弥さんに視線を移し、私は微笑んだ。

「ねえ壱弥さん」

「ん？」

「赤ちゃん、できました」

ブーケを持った手で、まだ胎嚢《たいのう》が確認できたばかりのぺったんこなお腹《なか》をさすってみせる。

次の瞬間、扉が開き歓声が聞こえた。

「おめでとう！」

「姉ちゃん、綺麗！」

スタッフに促され、花びらが舞う中に歩を進める。

歩きながらちらりと隣を見上げると、壱弥さんはなにかをこらえるように目をつぶっていて、つい笑ってしまった。

この機会を逃すまいとあちこちでシャッター音が鳴っているのに、さすがの彼も取り繕うことができなかったらしい。

いつも無表情を貼りつけている旦那様が、よりによって多くのカメラに目撃された気を抜けない場面で崩した表情。

それだけ壱弥さんも待ち望んでいたのだと改めて感じて胸が詰まった。

大切な人たちが祝福をしてくれて、愛しい人が隣に並び立ち、私のお腹には新しい命が宿っている。

始まり方がひどかったせいだろうか。

今、信じられないくらい幸せだ。

庭園の端まで歩き、ゲストに背を向けて立ち止まる。手にしていたブーケにすべての感謝を込めて、光に向かって高く放り投げた。

特別書き下ろし番外編

極上CEO、溺愛と育児の狭間で

外の冷気が窓からじわじわ入り込んでくる寒い夜、いつものようにダイニングテーブルを囲んで夕食を取り、それぞれ風呂に浸かって寝室に向かおうとしたときだった。

「いたた……」

リビングを出たところでひかりが背中を丸めた。

「大丈夫か」

彼女は壁に手をついてしばらく呼吸を繰り返してから、弱々しい笑みを見せる。

「ちょっと、痛みが強いような気がします……」

大きくせり出した下腹部を守るようにしゃがみ込むひかりに、膝をついて目線を合わせた。

「カウントするか？」

「はい」

手にしていたタブレットを操作し、陣痛カウンターを起動して手渡す。

予定日まであと三日に迫った平日の午後十一時。定期的に訪れる痛みに顔をしかめながら耐えている妻の背中をさする。

リビングに移動させてソファに座らせたものの、痛みを緩和させる姿勢があるらしく彼女は絨毯に座り込んで深く息を吐いている。

〝そのとき〟が近いということはわかるのに、どう立ち回ればいいのかさっぱりわからない。

出産関係の手引きや父親ハンドブックを読み、産院の両親学級やらベビー服メーカー主催のセミナーやらに可能な限りは参加したが、心の準備というものは結局できないままだ。

しっかりしろ、と自分を叱りつける。

自身の体にもうひとつの命を宿しているひかりのほうが、負担も不安もはるかに大きいはずだ。俺が取り乱してどうする。

「いたた、病院、電話します」

「平気か？」

「はい、でも間隔短くなってきたから」

いつでも出発できるように車に入院用の荷物を積み込み、電話を終えた彼女を乗せて産院に向かった。その間もひかりは後部座席で痛みに耐えている。ただ見ていることしかできない自分が、ひどくもどかしかった。

出産の立ち合いについて、話で聞いたりドキュメンタリー番組で目にしたりすることはあった。だが身をもって体験する機会は、己ひとりで完結した生活を送っていたら決して訪れなかっただろう。

当初から希望していたとはいえ、案内された薄暗い待合室でソファに座っている間、柄にもなく不安ばかりが脳をよぎった。

陣痛が始まっても子どもはすぐには産まれない。痛みに耐える母親側と外に出ようとする胎児側、双方の準備が整ってはじめて分娩が始まるらしい。

ひかりは今苦しんでいる。文字通り命がけで赤ん坊を産み落とそうとしている。

無事に産まれてくることだけを祈りながら、きちんと父親になれるだろうかと自問自答を繰り返した。

俺には父親という存在がいたようでいなかったようなものだ。ちゃんとした手本がないまま育ったこんな俺でも、頼りになる父親になるためにはどうすればいいのか。

「穂高さん、もうそろそろだと思いますので、こちらへどうぞ」

助産師に案内されてエレベーターに乗り込む。セキュリティや各種設備が充実した産婦人科病院を選んだとはいえ、絶対に安全な出産なんて存在しない。

エレベーターを降りて廊下を進むと、次第に声が聞こえてきた。廊下まで届くのはひかりの苦痛に耐える声だ。

「んんんん、痛いい、いきみたいいい」

「まだダメですよ。頑張って我慢してね。あ、ほら旦那さん来ましたよ」

分娩室に入ると台に横たわったひかりが手すりを掴んで悶《もだ》えていた。額には汗が滲み、顔が苦痛に歪んでいる。

「ひかり」

「あ、壱弥さんんんん、いたたたた」

数分おきに襲ってくる激しい痛みに耐える様は、正直見ていられない。だが代わることはできないし、そもそも出産の痛みは男には耐えられないとも言われている。

汗を拭いてやったり腰をさすったり、大したこともできないままひかりの手を握りしめていると、担当の女医がやってきた。

「穂高さん、いかがですか」

ひかりに声をかけながら医師が助産師と状況確認をしている間も、彼女は手すりを強く握りしめ、背中を丸めて呻いていた。汗に濡れた額に髪が貼りついている。

「先生、子宮口、全開大です」

「はい、ではせーの、でいきみましょう！」

かけ声とともにひかりが体に力を入れる。

「んんんん」

「呼吸は止めないで。はい、上手ですよ」

苦悶しながらも医師の言葉に従い必死にいきむ彼女の苦痛が、いったいどれほどのものなのか。想像するのも難しい。

「ひかり、頑張れ」

俺はただ、愛しい妻をその場に繋ぎとめるように、彼女の手を強く握っていることしかできなかった。

陣痛が始まってから約十二時間。ひかりは無事に小さな命を産んだ。二千九百グラムの女の子だった。

わが子が産声をあげている姿を見たとき、体の底から震えが走った。めったなことでは動くことのない心が、激しく揺さぶられた。

「ひかり、疲れただろ」

一度出社して夜に病院を訪れると、妻は病室のベッドに腰かけ白い産着にくるまれた赤ん坊を抱いていた。

「だいぶ回復しました。この病院、ご飯がめちゃくちゃおいしいんです」

明るい顔で言う彼女は、長い妊婦生活が一段落してスッキリしているようにも見える。

「もうお腹にはいないんですよね。あたり前か。ここにいるんだし」

自身の腹と腕の中の子どもを交互に見やり、カラカラと笑う。

「あ、壱弥さんも抱っこしてください。ミルクあげてみましょうか」

俺に赤ん坊を抱かせ、据わっていない首をしっかり持つように注意すると、すかさず哺乳瓶を取り上げる。ミルク缶から適正量をスプーンで移し入れウォーターサーバーの湯で溶かしはじめた。テキパキと動くその姿に呆気にとられる。

「すごく、キビキビしてるな。子育てに妙に慣れてるというか」

ふにゃふにゃの赤ん坊を抱き慣れず固まったまま声をかけると、ひかりはニヤッと笑った。

「私、双子の弟妹が産まれたとき十四歳だったんです。そもそも十二歳のときには音葉のおむつを替えてたし、十歳のときには太陽を抱っこしてました。もう母親業はバッチリですから」

人肌程度に冷ました哺乳瓶を俺に差し出すと、ひかりはうれしそうに目くばせをする。促されておそるおそる娘の顔に近付けた。ちょんと唇に触れた瞬間、指先ほどしかない小さな口が開いて懸命に啜る。

「すごいな。なんにもできないのに、哺乳瓶を吸うことはできるんだな」

小さじ一さじ分ずつくらいしか飲めないのに、必死に口を動かす姿が驚くほど胸に迫った。産まれたばかりで目は見えておらず、手足も自由に動かせない。守られなければ生きていけない小さな命に、生まれつき備わっている反射機能。

「ありがとう、ひかり。この子を産んでくれて」

俺の腕の中の赤ん坊を愛しそうに見つめて、彼女は顔を上げる。

「壱弥さんこそ、ずっと手を握っててくれてありがとう。忙しいだろうし、本当に立ち会ってくれるなんて思わなかった」

微笑む彼女を抱きしめたい衝動に駆られながら平静を装って言う。

「体、まだつらいだろ？」

産院支給のパジャマに身を包んだひかりは、俺と目が合うと少し考えるように首をひねった。

「たしかに産後で体はしんどいんですけど……陣痛のつらさとか出産時の苦しみとかは、もう思い出せないんです」

「え……？」

「出産中は壮絶に痛くて二度と経験したくない！　て思ってたはずなんですけどね。つい昨日の出来事なのに忘れちゃうなんて、不思議ですよね」

産後の体は交通事故に遭ったのと同じくらいダメージを受けていると両親学級で助産師が説明していた。優しげに微笑む彼女にもやはり疲れの色が滲んでいるが、表情は穏やかでとても落ち着いているように見える。

正直、俺はまだ自分が娘をもったという実感が湧いていない。この先どういう生活になるのか、想像もつかない――けれど。

腕の中の赤ん坊に目を落とし、柔らかな温もりをしっかり抱きとめる。

俺は俺なりに努力をしよう。

妻と子どもに愛情を注ぎ、家族のために懸命に働く。

独り身だったころには考えられなかった人生の目標。なかなか新鮮で人知れず笑みがこぼれた。

一カ月後。

深夜に「ほにゃあ」という泣き声で目を覚ます。時計を見ると午前二時を過ぎている。

育児書に書かれていた通り、生後一カ月になる娘は三時間おきに目を覚ます。いや、正確に言うと一時間半おきだ。

起きて授乳し、おむつ替えやら寝かしつけやらで寝入るまでに一時間半ほどかかる。そこからまた一時間半後に目を覚ますのだ。それに二十四時間体制で付き合っているひかりはさすがにやつれていた。

「はいはい、おっぱいね」

隣で起き上がろうとする彼女を制止してベッドを下りた。

「いいよ。俺がやる。少しは寝たほうがいい」

「でも……壱弥さんこそ昼間はお仕事で夜だってあまり寝れてないでしょう?」

「もとショートスリーパーを舐めるなよ。短時間睡眠には慣れてる」

そう言うと彼女は小さく笑った。

ミルクを調乳し、まだ仰向けに寝転がっていることしかできない娘に飲ませる。

げっぷをさせておむつを交換し、抱っこでゆらゆらと優しく揺らしてから手や足の裏を丁寧にマッサージした。

最初は泣いていた娘も徐々に眠りに落ちていき、やがて静かな寝息を立て始める。

しっかり寝たことを確認し、そっとベビーベッドを離れた。

「すごい……完璧ですね」

ベッドにもぐりこむと、横になったまま起きていたひかりが呟いた。

「沐浴《もくよく》も上手だし。壱弥さんはのみ込みが早いからあっという間に育児のプロですね」

「今日はたまたまうまく寝てくれただけだ。ひかりのほうこそ寝不足でつらいだろ」

「私はずいぶん楽をさせてもらってますよ。料理も掃除も家事は全部ハウスキーパーさんがやってくれてるし」

週二回だった家事代行は回数を増やし、ひかりが育児だけに専念できるように調整していた。受験生がいるし帰ってもゆっくりできないからと里帰りをしなかった分、ときどきベビーシッターも利用して産後の体を休めてもらっている。

「壱弥さん」

ふわりと甘い香りが漂って、ひかりが身を寄せてくる。

「私、すごく幸せです」

柔らかく微笑む彼女を思わず抱きしめた。脳がしびれるような甘い匂いで体をまさぐりたい衝動に駆られたが、ぐっとこらえる。

「俺も幸せだよ」

何も考えずに口にして、ふと思う。

いつからだろう。思ったことをすんなり口にできるようになったのは。

「ひかりの〝素直〟が移ったか」

「え？」

「なんでもない」

顔を上げる彼女の頭をそっと撫でる。さらさらと指からこぼれる髪に唇を寄せると、ひかりが物欲しげに目を上げた。

どちらからともなく顔が近付き、唇が重なる――直前。

「ほにゃあ」

目を覚ました娘をふたりで同時に振り返った。

「起きたか、光緒《みお》」

「起きたの、光緒ちゃん」

重なった声が赤ん坊の泣き声にかき消される。ベッドを下りひかりが娘を抱き上げる。その間に消毒液に浸けておいた哺乳瓶を取り上げミルクを調乳した。人肌程度の温度に冷ました哺乳瓶を持って戻ると、ベッドに腰かけたひかりが顔を上げる。母親になってもなお、甘い匂いを漂わせる彼女。その姿は以前にも増して美しい。

「あ、ありがとうございます」

哺乳瓶を差し出し、身を乗りだした彼女に不意打ちの口づけをしたら、黒目勝ちの目が驚いたように丸まった。

愛しい妻と、ふたりの間に誕生した娘。ふたりを見下ろして、ふっと吐息を漏らす。

幸福だけれど眠れない夜は、まだしばらく続きそうだ。

あとがき

本書をお手に取ってくださりありがとうございます。橘樹杏と申します。

前回ベリーズ文庫を上梓してから二年間、ほとんど筆を取れていませんでした。コロナ禍で激務になり仕事に忙殺されたり結婚したり出産したり。いろいろありすぎていまいち実感が湧きませんが、とりあえず毎日必死に生きていました。壱弥ばりに睡眠不足の日々でそろそろ限界……。

二年の間、書きたいお話はたくさんあるのに時間と体力がない無理！と言いわけし続け、気がつけば小説の書き方を忘れかける始末。あわててプロットを立ててあった本作品に取り組んだ次第です。

本作のヒーローである穂高壱弥は、橘樹が執筆活動を始めるにあたり最初に練り上げた人物です。思い入れが強すぎて温めに温めた結果、脇役のほうから先にストーリーを仕上げるという事態に。本作品にもちょろっと登場する営業統括部長の冴島が出てくる作品でデビューさせていただきました。(『無慈悲な部長に甘く求愛されています』マカロン文庫で発売中ですのでよろしければ！)

というわけで今回、穂高壱弥の物語をベリーズ文庫として刊行させていただけて感無量です。ホダカ・ホールディングスを舞台にした作品はいくつか出させていただきましたが、とうとう本命がきましたやったー！と小躍りしたい気分です。

実際は引越と編集作業が重なり半分泣きながらの数ヶ月でしたが、おかげさまでサイト掲載時よりも糖度マシマシの作品に仕上がっております。

久しぶりにあとがきを書く機会をいただき、なにを書くべきか悩んだ末に宣伝行為に及び、全体的に支離滅裂な内容となりました。この人疲れてるんだな、と温かい目で見守っていただけますと幸いです。

最後に、本作品をより魅力的なものに、と尽力くださいました編集担当者様、素敵なイラストを描いてくださったうすくち先生、出版にあたり関わってくださった皆様に心からお礼申し上げます。

それから読者の皆様。読んでくださる方がいるからこそ、こうして書き続けることができます。本当に、ありがとうございました。

橘《たちばな》樹杏《あんず》

橘樹杏先生への
ファンレターのあて先

〒104-0031
東京都中央区京橋1-3-1
八重洲口大栄ビル7F
スターツ出版株式会社　書籍編集部　気付

橘樹杏先生

本書へのご意見をお聞かせください

お買い上げいただき、ありがとうございます。
今後の編集の参考にさせていただきますので、
アンケートにお答えいただければ幸いです。

下記URLまたはQRコードから
アンケートページへお入りください。
https://www.berrys-cafe.jp/static/etc/bb

ベリーズ文庫

この物語はフィクションであり、
実在の人物・団体等には一切関係ありません。
本書の無断複写・転載を禁じます。

孤高のエリート社長は契約花嫁への
愛が溢れて止まらない

2024年2月10日　初版第1刷発行

著　者　橘樹杏
©Anzu Tachibana 2024

発行人　菊地修一

デザイン　hive & co.,ltd.

校　正　株式会社文字工房燦光

発行所　スターツ出版株式会社
〒104-0031
東京都中央区京橋1-3-1　八重洲口大栄ビル7F
TEL　03-6202-0386（出版マーケティンググループ）
TEL　050-5538-5679（書店様向けご注文専用ダイヤル）
URL　https://starts-pub.jp/

印刷所　大日本印刷株式会社

Printed in Japan

乱丁・落丁などの不良品はお取替えいたします。
上記出版マーケティンググループまでお問い合わせください。
定価はカバーに記載されています。

ISBN 978-4-8137-1543-6　C0193